T0279269

El último en llegar

NEFELIBATA

OTROS LIBROS DEL AUTOR EN DUOMO:

Me quedo aquí

MARCO BALZANO

El último en llegar

Traducción de Patricia Orts

Duomo ediciones
Barcelona, 2024

Título original: *L'ultimo arrivato*

© 2014, Marco Balzano
  Originalmente publicado en Italia como *L'ultimo arrivato* por Sellerio
  editore en 2014. Esta edición se ha publicado gracias al acuerdo con
  Piergiorgio Nicolazzini Literary Agency (PNLA)
© de la traducción, 2024 por Patricia Orts
© de esta edición, 2024 por Antonio Vallardi Editore S.u.r.l., Milán

Todos los derechos reservados

Primera edición: abril de 2024

Duomo ediciones es un sello de Antonio Vallardi Editore S.u.r.l.
Plaça Urquinaona, 11. 3.º 1.ª izq. Barcelona, 08010 (España)
www.duomoediciones.com

Gruppo Editoriale Mauri Spagnol S.p.A.
www.maurispagnol.it

ISBN: 978-84-19004-23-9
Código IBIC: FA
DL: B 2606-2024

Diseño de interiores:
Agustí Estruga

Composición:
Grafime, S. L.
www.grafime.com

Impresión:
Grafica Veneta S.p.A. di Trebaseleghe (PD)

Impreso en Italia

*Queda rigurosamente prohibida, sin la autorización por escrito de los titulares del copyright,
la reproducción total o parcial de esta obra por cualquier medio o procedimiento mecánico,
telemático o electrónico –incluyendo las fotocopias y la discusión a través de internet–
y la distribución de ejemplares de este libro mediante alquiler o préstamos públicos.*

Para Caterina

Ma anche di costoro che ne sappiamo tu e io,
tu che tanto bene ne discorri, io con parole
buone a scovare larve di passato
dall'ombra di quei muri –
specie di questi periferici alla fabbrica,
che la visita tocca al suo finire.[1]

Vittorio SERENI, «Una visita in fabbrica»

1. Pero, incluso de esos, ¿qué sabemos tú y yo?, tú, que hablas tan bien de ellos, yo con buenas palabras para extraer las antiguas larvas de las sombras de esos muros — especialmente de estos periféricos de la fábrica, que la visita llega a su fin. (*Todas las notas son de la traductora.*)

Apareció de buenas a primeras a la hora de la salida al patio y lo atravesó como si fuera una calle de San Cono. Caminaba con paso lento, aplastando los pies como si estuviera pisando uva. Aún apretaba con una mano la vieja cartera de cuero desgastado. Al verlo allí, bajo el humo del cigarrillo, se me quedaron atascadas en la garganta las palabras que habría querido gritarle: «¡Señor maestro! ¿Se acuerda de mí? ¡Soy Ninetto, el Palillo!» y sonreírle con mis dientes amarillentos a causa del tabaco. En cambio, no dije una palabra y él desapareció a toda prisa por la puerta que le abrió uno de los guardias. Me quedé allí, boquiabierto, mirando el espacio vacío. Dudando sobre si era un sueño o si era cierto. No aparté la cara del agujero hasta que todo se llenó de oscuridad. Solo entonces me tumbé en el colchón putrefacto y, con las manos detrás de la cabeza y los ojos cerrados, empecé.

Uno

Antes de llamarme «el Palillo», los niños del colegio de primaria de la via dei Ginepri me llamaban «el Gritón». Aún me acuerdo de los treinta y cuatro, a pesar de que la cara que se me quedó más grabada es la de Peppino, porque tenía el pelo tieso, como cuando metes los dedos en un enchufe. Juntos nos divertíamos robándole el bocadillo de pan y mortadela de la merienda a Ettore Ragusa, el hijo del carnicero. Cuando este se daba cuenta, lanzaba un chillido más agudo que los míos y lloriqueaba sin parar. Entonces, Peppino y yo nos acercábamos a él con la boca aún grasienta y, con aire de pesar, le decíamos frases de consuelo como «Vamos, Toruccio..., no se llora por esas tonterías», «¡Que te hagan otro bocadillo y ya está!». De cuando en cuando, me sentía culpable y le preguntaba a Peppino si no estábamos exagerando.

—¡Qué exageración ni qué ocho cuartos! Ese cabrón es más ancho que largo y en casa le espera siempre un plato de pasta a la mesa. ¿A ti qué te dan?

—Anchoas —contestaba.

Me alimenté a base de anchoas hasta los nueve años. Mejor dicho, de una anchoa al día. Mi madre me la daba todas las mañanas tras sacarla de un tarro con la sal rancia pegada al cristal. La estiraba encima de una rebanada de lo que ella llamaba «pan de molde» y me prohibía volver a entrar en la cocina hasta la noche.

—Largo de aquí —repetía con un ademán propio de un general.

Al cabo de un par de horas acercaba la oreja hacia la barriga, porque oía salir extraños ruidos de ella: borbollones, rebuznos, torbellinos, no sabría cómo llamarlos. De manera que, cuando alguien con las mismas calorías que yo en el cuerpo me proponía ir a robar, aceptaba sin pensármelo dos veces. Lo más fácil era birlar la fruta de las cajas de madera que las viejas ponían en el umbral. Mientras Peppino distraía a la vieja, yo me metía los melocotones debajo de la camiseta o en los calzoncillos. No era nada fácil ir a robar a las casas de un par de lugareños descerebrados. Dado que tenía mucha labia, solía quedarme fuera vigilando mientras Peppino o Ciccillo o Berto o cualquier otro muerto de hambre pasaban por detrás de mí para rebuscar a la buena de Dios en cualquier cajón. A veces obteníamos un buen botín, pero en la mayoría de los casos arañábamos cosas sin el menor valor: mendrugos de pan, turrón o algún que otro huevo para sorber. Por último, era difícil robar en la tienda de comestibles de Turuzzu, ya fuera porque el local apestaba y antes incluso de haber entrado no veías la hora de salir de él, ya porque Turuzzu era espabilado y si te pillaba, te molía a patadas. Para arriesgarse con él había que tener la presión de las lagartijas en la sangre; en caso contrario, era mejor evitarlo.

En cualquier caso, con el paso del tiempo comprendí que en San Cono muchos seguían la misma dieta que yo y me resigné. Todos, tarde o temprano, nos resignamos. ¿Una anchoa? ¡Pues venga esa anchoa! Los *picciriddi*, los niños, no nos desmoralizábamos tan fácilmente. Claro que mientras iba a colegio era una cosa. Me pasaba toda la mañana sentado en el pupitre, escuchando al maestro Vincenzo, y eso era todo. Pero desde la noche del 10 de octubre de 1959, cuando mi madre tuvo el ataque de apoplejía y se quedó inválida para siempre, bueno, no fue exactamente igual, porque tuve que abandonar el colegio para acompañar a mi padre al campo a trabajar como *jurnataru*, es decir, como jornalero.

Después de Peppino, aunque nunca se lo he dicho, el maestro Vincenzo era la persona a la que más quería. Le tenía más cariño que a mi padre Rosario. No solo porque no era aburrido ni me molía a palos cuando entraba en casa con la chaqueta desgarrada o las rodillas peladas, sino por las poesías que nos leía, sobre todo las de Giovanni Pascoli. Nunca nos metía prisa para que las entendiéramos. Por encima de todo era una cuestión musical.

—¡Ya pensaremos luego en el sentido! —nos repetía cuando nosotros, los bobalicones, poníamos cara de no haber entendido una palabra.

Tras recitar caminando entre los pupitres, nos ordenaba que transcribiéramos el poema en el cuaderno porque «¡copiar equivale a aprender!», decía con el bastón levantado en el aire para que estuviéramos callados.

El maestro Vincenzo era como un amigo para mí, sin duda. Basta con decir que también nos veíamos fuera del colegio. Mejor dicho, el menda era la primera persona con la que se cruzaba, dado que vivíamos uno enfrente del otro. Quedábamos en la esquina de la via Archimede a las siete y media. Cuando lo veía a lo lejos, me sacudía las piernas con las manos para quitarme los pelos del gato y echaba a correr hacia él. Me apresuraba a decirle que no había hecho la versión en prosa, porque transformar un poema me parecía un trabajo feo. El maestro no replicaba, se limitaba a preguntarme si me lo había aprendido de memoria.

—¡Claro que sí! ¿Quiere que se lo recite?

—Ahora no.

—¿Me va a poner mala nota?

—Si no te lo has aprendido, sí.

Pero de mala nota nada, ¡siempre me sabía los poemas al dedillo y él me ponía matrícula de honor! Cuando volvía a casa, agitaba en el aire el cuaderno para enseñar lo que el maestro había escrito con lápiz rojo y exigía como premio un pedazo de chocolate o el equivalente en monedas para ir a comprármelo. Todo eso, como ya he dicho, hasta el 10 de octubre de 1959, porque después no hubo nada más que reclamar.

Tras dejar atrás el quiosco de Rocco, el maestro me seguía. Después de comprar *l'Unità* dejaba de hablar y caminaba sin mirar. Entonces, dado que ya había muerto uno en el paso a nivel de San Cono, lo cogía del brazo como se hace con los ciegos. Cuando el hombre había muerto bajo el tren, el maestro nos había dicho que debíamos lamentarlo aunque no lo conociéramos y solo supiéramos que la locomotora lo había arrojado lejos a él, a la bicicleta y al saco de naranjas que llevaba atado al manillar.

—Quien no deplora la muerte de una persona es un bár-
baro —dijo en clase, y cuando pasó el coche fúnebre nos
ordenó interrumpir el dictado para ir a la ventana a decir
una oración.

El maestro fue el primero al que le conté que mi madre
había tenido un ataque de apoplejía. Esa mañana me quedé
mudo y ni siquiera le agarré el brazo en el paso a nivel.
Cuando, por fin, me miró con aire inquisitivo, le expliqué
que se había caído al suelo en plena noche, que se le había
formado una mancha de sangre negra en la sien y que no
se le iba. Entonces el maestro se detuvo, tragó saliva con dificultad y me dijo muchas cosas importantes, que, sin embargo, no recuerdo.

A partir de ese día, mi tía Filomena, la hermana de
mi madre, venía a casa de mi padre Rosario a ayudar-
nos. «La Jorobadita Puntillosa», la llamaban en el pueblo. Porque, de hecho, la tía Filomena siempre tenía algo
que criticar. Resoplaba por todo. Sus resoplidos eran tan
fuertes que incluso podían aplastarte el pelo. Una vez le
pregunté a mi padre de qué había muerto el marido de
la tía y él me respondió: «De los resoplidos». Con todo, la
tía no le hacía ascos a nada. Cambiaba a mi madre,
la lavaba entre las piernas y le daba de comer, porque se
le había torcido la boca. Luego, cuando quería, el día que le
parecía a él, venía a visitarla el doctor Cucchi, uno ante
el que la gente de la via Archimede se descubría al verlo
pasar. Antes de examinarla, el doctor Cucchi nos pedía
que saliéramos, porque, según decía, donde hay enfermos
hace falta oxígeno.

—Lo ideal sería ingresarla en Catania, en un hospicio —sentenciaba en la puerta con el maletín en una mano—. Sea como sea, señor Giacalone, debe tener paciencia. Es necesario aprender a vivir día a día: esa es la sabiduría que enseña la enfermedad.

Pero, apenas el médico se volvía hacia la puerta, mi padre Rosario le hacía los cuernos con los dedos bien tiesos y decía que los únicos que hablan de sabiduría son los que no tienen problemas.

En cuanto a mí, el cambio más significativo fue que, dado que estaba verdaderamente en los huesos, no conseguía arrastrar la tina hasta el centro de la habitación. Así que apestaba. Cuando metía la nariz en la camiseta sentía que apestaba y me daba vergüenza acercarme a los demás. Sobre todo a Gemma, la niña de la que estaba enamorado y por la que había peleado con uno que se llamaba Turi. Le había tirado una piedra a la cabeza porque un día me había contado que le había levantado la falda. A otro de la via Lentini que se llamaba Vittorio, lo había agarrado por el pelo por el mismo motivo y le había golpeado la cabeza contra un granado.

No hay duda de que los celos siempre me han causado problemas. Desde que era un crío, un *picciriddu*.

Dos

En cualquier caso, no emigré de un día para otro. Un *picciriddu* no se marcha así como así. Para empezar, acabé asqueado de todo: coleccioné peleas, ayunos y días atacado de los nervios; después me fui. Era a finales de 1959, tenía nueve años y uno a esa edad prefiere estar en su pueblo, aunque no sea jauja, sino una mierda de pueblo. Pero todo tiene un límite y cuando la miseria acaba pareciéndote una oleada que va a acabar engulléndote, lo mejor es hacer el hatillo y largarte, punto final.

Mi madre estaba cada día más aturdida. Cuando pasaba por casa, el doctor Cucchi repetía las habituales frases de circunstancias y recetaba unas medicinas que no servían para nada y que costaban una fortuna. Debíamos metérselas debajo de la lengua cuando sufría una crisis. Mi padre tenía los nervios a flor de piel; si lo pellizcabas, te vapuleaba. Para evitar riesgos era conveniente estar fuera del alcance de su brazo. Regresaba a casa cuando le parecía, sin decir siquiera buenas noches. Solo hablaba para anunciar que volvía a salir. «Voy a caminar a la plaza», gruñía cerrando la puerta con el cigarrillo en la boca. Pero, claro está, no iba a la plaza a caminar. Iba a jugar a las cartas en el sótano de uno que se llamaba Stefano. Hasta que, de tanto ir, le entró la manía de jugar al *tressette*. Sé que iba allí porque en una ocasión salí descalzo a la calle y lo seguí. Me puse a gatas y lo espié por la ventana del sótano que daba a la acera. Me habría gustado soplarle las cartas de los demás jugadores, pero mi padre ganaba de todas formas sin mis sugerencias, tanto es así que las cuatro perras que me llevé a Milán las ganó allí abajo, en ese lugar donde flotaba el humo. A diferencia de otros, que se marcharon con un tarro de olivas o pan caliente, yo tenía mis ahorros, aunque luego no pude gastármelos. En cualquier caso, en el pueblo empezaron a odiarlo por la historia de las cartas y no tardó en reñir con sus amigos. Uno a uno, les fue vaciando los bolsillos, pero después no supo frenar y quedó atrapado.

En cambio, sobre los golpes que me daba algunas noches no hay mucho que filosofar ni motivo para hacerse el refinado. Todos los padres de San Cono pegaban, punto final. Al igual que es normal que llueva del cielo, que las vacas mujan y que a los árboles se les caigan las hojas, para los padres de San Cono era natural dar unas buenas tundas. Bastaba con que volvieras a casa después de una pelea para que enseguida recibieras más palos. «¿Qué pasa? ¿Te han pegado? Pero ¿qué coño de hombre vas a ser?» y adelante con el cinturón. «¿Te has ensuciado los pantalones?», unas cuantas patadas. «¿Te has hecho daño?» y volaban los zuecos. A decir verdad, los zuecos eran una especialidad femenina, propia de las madres o de las hermanas mayores. Mi madre, sin ir más lejos, era una verdadera profesional del zueco. Tenía la puntería de un soldado. Lograba darte a distancia con una facilidad sorprendente. En ciertas ocasiones, el estupor era tal que ahogaba el dolor. Le bastaba con mirarte a los ojos con aire de tigresa y el zueco alzaba el vuelo como un pájaro, esquivando los jarrones y metiéndose por detrás de las puertas donde trataba de refugiarme. Yo perdí un diente, pero a algunos amigos les fue peor.

Una vez recibí incluso por haber ido al colegio. Puesto que por la noche mi padre no me había dado nada de cenar, me dijo que podía levantarme más tarde. De esa forma, cuando me desperté, pensé que ya no era horario de *jurnataru* y sin decir una palabra salí para ir a la via dei Ginepri. Estaba tan contento que me paré en el horno de la via Ruggero il Normanno a pedir que me regalaran una rosquilla. ¡Cuando era *picciriddu* sabía poner unos ojos tan dulces! También sabía cómo llorar de mentira, igual que un actor de Cinecittà. De hecho, las señoras se lo tragaban siempre. Ahora, en cambio, tengo los ojos muy estrechos, como una ranura; casi parece que hayan peleado con el sol.

Aún no he olvidado lo que pasó ese día en el colegio. Al entrar en clase ya me llevé un chasco. Me esperaba una fiesta como la del santo, pero, aparte de Peppino, que se puso a brincar como un conejo, nadie me hizo el menor caso. Por lo visto no me habían echado de menos. Solo Ettore se acercó a suplicarme que no le robara la merienda y, una vez más, se echó a llorar como un mariquita. Ni siquiera el maestro Vincenzo me dirigió la palabra cuando entró. Al verme sentado en mi sitio, se limitó a fruncir el ceño. Entonces pensé que nuestra amistad estaba en las últimas y me entraron ganas de huir corriendo al campo. El maestro dio una lección magnífica. Habló de un señor llamado Jean-Jacques Rousseau y dijo que era un pensador, una palabra que no había oído en mi vida y que, según mi compañero de pupitre, significaba que era un tipo inteligente y que lo sabía todo; en cambio, Peppino aseguraba que era uno que no se levantaba por la mañana y que no daba un palo al agua. El maestro dibujó algo en la pizarra: dos hombres. Uno estaba en medio de un campo cercado y decía: «¡Esto es mío!», el otro estaba en un campo sin cercar y no decía nada. El maestro nos pidió que copiáramos el dibujo y nos explicó que, antes de que el hombre dijera: «¡Esto es mío!», no existía la sociedad —cuarteles, hospitales, escuelas, tribunales, cárceles, bancos— y todos vivían libres, la naturaleza era tan generosa que aquello que crecía de forma espontánea era suficiente y no era necesario agobiarse por conseguir un bocado. Pero luego el hombre dijo: «¡Esto es mío!» y pasó lo que pasó. Todos empezaron a imitarlo y, en lugar de soñar con un paisaje o con una mujer guapa, empezaron a soñar con recintos cada vez más altos y pusieron cerraduras en las puertas de las casas y perros feroces en las verjas.

—Rousseau escribió que la invención de los recintos se llama propiedad privada —explicó el maestro.

Peppino levantó una mano para preguntar si el tal señor roncaba[2] mucho y lanzó un gruñido con la nariz que aún me hace reír cuando lo recuerdo y oigo un alegre coro in-

---

2. La pronunciación del apellido Rousseau evoca el verbo italiano *russare*, que significa «roncar».

fantil. Hace muchos años, en San Cono, me contaron que Peppino también había emigrado con casi quince años y que había vivido durante cierto tiempo en Milán. Al principio le había costado integrarse y se pasaba el día en los cines porno, se metía en peleas y robaba coches. Después viajó con su hermano a Alemania y quizá allí sentó la cabeza, encontró un trabajo estable y fundó una familia. Peppino era más pobre que yo. Tenían los animales en casa, así que vivía en un verdadero establo. Hasta sus padres parecían animales, porque olían a paja húmeda y tenían ojos de bovino, y por la manera en que comían, siempre de pie, como los burros. Quién sabe, quizá alguna vez nos cruzamos en la ciudad, puede que un domingo, que es el peor día de la semana.

Para cambiar, esa tarde el estómago voceaba y la cabeza me daba vueltas. De manera que, mientras regresaba con mi padre en la bicicleta, le conté la lección para no dormirme.

—¿Sabes por qué la tierra que *travagghiamo* nunca será nuestra, papá? —le pregunté.

—¿Por qué?

—Porque un pensador llamado Rousseau ha escrito que, desde que un hombre dijo: «¡Esto es mío!» hace muchos siglos y cercó un campo, los hombres dejaron de ser iguales.

—¿Y quién fue ese hijo de la gran puta?

—No sé cómo se llamaba, porque el maestro no nos lo ha dicho, pero inventó la propiedad privada; antes de eso, todo era de todos, había mucha comida y nada de leyes, escuelas, hospitales ni abogados.

—¿Has aprendido lo que dicen los comunistas? —me preguntó mi padre al oído.

Pero yo era un niño, un *picciriddu,* y desconocía el significado de esa palabra.

La finca de don Alfo la *travagghiavano* cuatro personas, dos en una parte y dos en otra. Yo *travagghiava* a cambio de guisantes, tomates, higos chumbos..., nada de monedas. Mi padre me mandaba por la noche a llenar una cesta. Las primeras veces gritaba que me daban miedo los perros. Entonces él se mofaba de mí y me decía: «¿Tienes miedo? ¡Ráscate!». Más tarde aprendí a subir a los árboles como una exhalación y dejé de protestar.

Fue justo en el campo donde conocí a Giuvà. También lo llamaba «paisano». En San Cono a los mayores los llamabas así o, si era alguien más allegado que te hacía regalos, te invitaba a comer o te había bautizado, entonces «compadre». Giuvà era bizco y las entradas le llegaban al centro de la cabeza. Tenía poco más de cuarenta años, pero la piel ya quemada como la de los campesinos viejos. Además, tenía realmente cara de tonto. Saltaba a la vista que el día en que había nacido Giuvà, el Señor se había tomado unas horas de descanso. Pero era amable conmigo y, cuando mi padre no estaba, me dejaba subir a un árbol y lanzar aceitunas con el tirachinas para cazar perdices o asustar a las garzas reales. A veces yo estaba muy triste. No sabía por qué, estaba muy triste y basta. Entonces soltaba la azada y le pedía permiso para ir a coger caracoles. Confiaba en encontrar un montón para venderlos después en un puesto del mercado o a una señora de esas que se pasaban el día abanicándose en la acera. El caso es que al final no tardaba mucho en impacientarme, porque cuando la baba resbalaba de la concha se me ponía la piel de gallina. Así que tiraba al suelo los pocos que había conseguido reunir y salía corriendo del viñedo. Cuando llegaba al pozo me echaba bocabajo en el borde y me asomaba para consolarme con el aire húmedo que me daba en la cara. No sé de qué, me consolaba y basta. Pero si miraba el pozo por la noche, tenía pesadillas. Soñaba que me caía dentro o que caía en él con mi madre. Y algunas noches el sueño era aún más espantoso. Todos caían al pozo y yo me quedaba solo gritando sin que nadie me oyera.

—¡Quiero irme a casa! —gritaba a Giuvà cuando estaba en las inmediaciones del pozo dando golpes con la azada en aquella tierra, que era un pedregal.

—Pues vete, lárgate, pero deja de chillar —respondía él.

Un día en que por fin había aprendido a cavar me dio de beber de su cantimplora y cuando el vino me llegó a la garganta empecé a hacer ascos.

—¡Puaj! ¡Puaj! —Escupía—. ¡A mí me gusta el agua!

Giuvà se partía de risa y decía que a él, en cambio, le entraba por la espalda y que nunca la bebía. Repetía siempre lo mismo, porque era ignorante y estaba mortificado por su trabajo. De hecho, no dejaba de repetir:

—Este trabajo te mata.

—Entonces, ¿por qué lo haces? —le pregunté.

—Tengo que comprar el billete de tren para marcharme a Milán, necesito ahorrar algo.

—¿Y tu mujer Elvira? ¿Y tus hijas?

—Ellas vendrán después.

Como nunca perdía la ocasión de repetir lo que había aprendido en el colegio, me apresuré a decirle:

—Milán es la capital de la región de Lombardía, tiene un millón de habitantes y una superficie de ciento ochenta kilómetros cuadrados. Después de Roma, es la ciudad más grande de Italia.

Me sabía de memoria todas las fichas de Geografía, al igual que los poemas. Así pues, sabía ya que Turín era la ciudad más industrial de Italia, que el lago Trasimeno está en Umbría y un montón de cosas más que después resultaron ser verdades como puños.

Giuvà decía que en Milán tenía parientes y amigos de parientes y parientes de parientes y que allí «no es como en esta mierda de San Cono, donde cavas y cavas hasta que te mueres sin haber ahorrado un solo céntimo». Los mayores siempre hablaban de dinero, no conocían otros temas. Mejor dicho, conocían otro, vaya que sí, pero nunca lo mentaban delante de mí.

—Milán es un lugar lleno de luces y de gente de toda Italia. Han llegado también de Catania, de Zafferana, de Trecastagni y de otros pueblos de por aquí. ¡Y además hay un montón de fábricas! —Y cuando decía «fábricas» parecía que estuviera diciendo «paraíso».

Una vez se me cayó el pan con anchoa al suelo y solté una palabrota con toda su parafernalia. A mi edad conocía ya unas cuantas y, además, sabía inventar otras originales y muy gustosas. Giuvà me soltó un bofetón. Yo escupí un diente que me bailaba y no pude contener las lágrimas. Al verme llorar se quedó boquiabierto y me dijo que eso es la última cosa que hay que hacer en este mundo, porque nunca sirve para nada. Después me dio un pedazo de su bocadillo de queso de oveja y tomate, y yo me serené. Cuando terminamos de comer, Giuvà limpió el cuchillo en un muslo y peló un higo chumbo, apuró la cantimplora y me preguntó:

—¿Quieres venir a Milán?

—¡Qué Milán ni qué narices! —le contesté—. ¡Yo quiero quedarme toda la vida en San Cono!

Tres

En el campo pasaba más tiempo con Giuvà que con mi padre, que un día se llevó a mi madre al hospicio de Catania.

La vida con mi padre era miserable. La tía Filomena solo venía a casa de vez en cuando, así que estaba sucia. Comíamos siempre frío. Lo bueno era que ya no me zumbaba, pero, por lo demás, parecíamos dos peces. Cuando le preguntaba por qué no iba ya a la plaza con sus amigos, me respondía:

—Los amigos no existen, Ninè. Solo existen personas con las que pasar el tiempo cuando no tienes nada que hacer y quieres olvidar los marrones.

Pero a veces me compraba algún regalo a escondidas y le pedía a Giuvà que fingiera que eran suyos, a ver si así me convencía de que me marchara con él. El mejor regalo fue, sin duda, la guitarra pequeña. Antes de eso, en casa solo tenía dos soldaditos de terracota y una colección de silbatos que fabricaba con huesos de ciruela. La diversión estaba fuera, aunque al final siempre acabáramos pegándonos, porque eso también era un juego. Siempre estábamos sucios de tanto estar en la calle. Por si fuera poco, en verano nos convertíamos en unos salvajes. Vivíamos descalzos y en calzoncillos, con briznas de paja en el pelo y los hombros pelados por el sol. Algunos domingos, Peppino y yo salíamos a primera hora de la mañana e íbamos a la parada del coche de línea. Bajábamos a Zafferana por la ladera de una montaña y desde allí corríamos hacia el volcán cogiendo moras de las zarzas y, debajo de ciertos árboles, donde nunca daba el sol, restos de nieve incrustada. Cuando tenía sed, hacía una bola con las manos y la masticaba como si fuera un granizado. Me importaba un bledo que estuviera negra. Como siempre, debíamos tener cuidado con los perros, pero si yo ya sabía subir muy rápido a los árboles, Peppino había nacido mono. Además, cogía piedras a la velocidad del rayo. Las tiraba con una puntería excepcional, apuntando a los ojos del animal, hasta tal punto que los perros se alejaban aullando y, en mi opinión, creían que se las veían con el demonio. En verano nos cruzábamos con turistas en las cuestas y algunos nos pedían que los guiáramos. Nos inventábamos historias de espíritus y gigantes donde mezclábamos las fichas de Geografía y las cosas sobre el Etna que habíamos oído contar en el pueblo a los mayores. Al final de sus relatos, Peppino les regalaba un pedazo de piedra volcánica y yo me inventaba un proverbio conclusivo como, por ejemplo: «Si subes al volcán, bastón y pan». Hacer de guías era una buena manera de conseguir propinas que luego me gastaba en un puesto donde vendían bocadillos de queso. Para nosotros, comer sobre la piedra rojiza mirando el volcán era lo mejor del mundo. Esos sí que eran domingos.

—¡Esta es para ti! —dijo una tarde el paisano agitando en el aire la guitarra pequeña como si fuera la azada.

—¡¿Para mí?! —grité abriendo los ojos como platos.

—¡Claro que sí, así podrás convertirte en un artista! —respondió, y luego se fue al comedor a hablar con mi padre.

Yo me puse enseguida a rascarla y a creer que era muy bueno. A decir verdad, si ponía los dedos en las cuerdas, me arañaba las yemas de los dedos, de manera que fingía pellizcarlas. Como todo lo bueno, duró poquísimo. Ni siquiera tres horas. Me fui al muro de la via Marco Polo, porque pasados cinco minutos mi padre gritaba ya que tenía que tocar en silencio. Me puse bien a la vista y escribí incluso una canción que aún recuerdo:

Del brazo de mi paisano,
por una anchoa,
a Milán me marcho.

Luego pasó por allí Pasquale Ragno, uno que era mayor que yo. Me escrutó.

—Déjame probar —me ordenó.

—¡No! —grité.

—No sabes tocar.

—Pero ¡si ya he escrito una canción y todo!

—¿Es cierto que te la ha regalado el señor que te quiere llevar a Milán?

—¿Y a ti quién te lo ha dicho?

—Dicen que quiere convertirte en su esclavo de día y en su mujer por la noche.

—¿Qué significa eso de su mujer?

Él hizo un gesto obsceno y yo le di una patada. Él me tiró una piedra y entonces no me quedó más remedio que romperle la guitarra en la cabeza. Le salió sangre, pero aun así seguí golpeándolo con ella y si hubiera tenido a mano un higo chumbo, le habría restregado la corteza por la cara.

Cuando esa noche la tía Filomena me puso delante el plato de verdura hervida, lo aparté gritando que, aunque tenía hambre, no pensaba comer, porque estaba harto de cavar la tierra, de la casa llena de hormigas y de pelear.

—¡Me voy a ir con el paisano que me deja morder sus bocadillos con relleno! —vociferé con los ojos enrojecidos.

Entonces mi padre se levantó de la mesa y, en lugar de amenazarme, me abrazó y me dijo que le parecía bien lo que hacía. Después de ese abrazo por sorpresa me secó la cara con su camiseta, me cogió de la mano y me llevó a la plaza. A pesar de que hacía frío, quería comprarme un helado.

—En Milán tienes un futuro. Puedes ser albañil, constructor, mozo y hacer muchos otros trabajos que aquí ni siquiera se conocen —dijo mientras andaba—. ¿Te acuerdas del hijo de Dario? ¡Se marchó hace tres años y ahora vuelve en verano con el Alfetta! —exclamó envidioso.

—¿Y tú no vienes?

—En cuanto ahorre un poco nos veremos.

Giuvà no dejaba de hablarme de Milán, de lo espaciosas que eran las casas de sus parientes, que tenían cuarto de baño y agua caliente, y me metió en la cabeza la obsesión por las mujeres rubias y con las tetas grandes, asegurándome que allí había a montones. Aunque, quizá, la obsesión por las tetas ya la tuviera antes de escuchar el parloteo de Giuvà. Más aún, desde que nací, porque las tetas me habían salvado la vida. De hecho, mi madre me había parido a los siete meses y yo pesaba apenas un kilo y medio cuando salí de allí dentro. Así que la abuela Agata, la madre de mi madre, me había tenido durante dos meses entre sus abundantísimos pechos y gracias a ese calor había logrado salir adelante. No hacía nada en todo el día, se quedaba inmóvil como una estatua en la silla y me tenía allí en medio, porque el frío me podía matar. La abuela Agata fue mejor que la incubadora. Mientras vivió dábamos largos paseos por la acera después de la siesta y ella siempre me contaba una historia. Un día le pregunté:

—¿Te puedo llamar de otra forma, abuela?

—¿Y cómo quieres llamarme?

—¡Quiero llamarte abuela Teta! —respondí y los dos nos reímos un buen rato.

En cualquier caso, los días anteriores a mi partida no lograba poner un pie fuera de casa. Mi padre me preguntaba si me había convertido en una monjita, pero yo no sabía qué decirle. A veces se sentaba en una silla cerca de la mía, sacaba un queso entero con pimienta de detrás de la espalda y me proponía que nos lo comiéramos juntos. Para cortarlo él también utilizaba una navaja. Pero esos días yo no tenía apetito y lo único que hacía era estar en el balcón y acariciar la cola del gato. Tan harto estaba de las anchoas que a menudo las sacaba de los bocadillos y solo me quedaba con la miga aceitosa.

Una tarde, el maestro Vincenzo se asomó al balcón a sacudir las sábanas para hacer caer las chinches. Me preguntó por mi madre y yo le contesté encogiéndome de hombros.

—¿Quiere que le repita el poema? —le pregunté.

—Ven a verme —respondió.

Al principio se enfadó conmigo porque le pregunté si la historia de que era columnista era cierta; luego, por suerte, se calmó y me dijo que en Milán podía ser feliz. Dijo justamente «feliz» y recuerdo que esa palabra me pareció como los pantalones para el campo: grande e inadecuada.

—Lo mejor es que escribas todos los días lo que te sucede. Unas líneas serán suficientes —dijo revolviendo en un cajón—. A veces uno vuelve cansado del trabajo y no quiere saber nada de nada.

Me tendió un cuaderno diciéndome que era un diario, porque contenía las fechas y las fiestas de los santos.

—¿Tengo que escribir aquí lo que hago durante el día? ¿Son deberes? —le pregunté como si estuviéramos en clase.

—En este diario puedes hacer lo que prefieras —prosiguió sin hacerme caso—. Tendrás la impresión de estar hablando con una persona que piensa como tú. Puedes anotar las cosas que haces, pero también lo que no puedes contar a nadie.

Además, me regaló una tableta de chocolate y un paquete de sobres de correspondencia. Me dijo que escribiera a casa, porque, por la razón que sea, el que se va no tarda en olvidarse del que se queda. Para despedirme de él hice acopio de valor y le salté al cuello para darle un abrazo. Él se rio por primera vez desde que lo conocía. Cuando bajé descalzo la escalera, porque con la prisa no había tenido tiempo de prepararme como se debe, seguía oyendo su risa.

En casa, la Jorobadita Puntillosa me había preparado una ensalada con cebolla y, mientras me la comía, ella ataba cartones con cordel y en uno metió un tarro de anchoas y paquetes de sal. Dobló la ropa en la maleta que había limpiado con papel de periódico y la cerró a toda prisa. El tren partía a las tres de la madrugada y, cuando le dije que iba a despedirme de Peppino a la via Fieramosca, la Jorobadita resopló como una cafetera y repitió que no tardara en volver. En realidad, cuando llegaba frente a las casas de mis amigos, retrocedía, porque no sabía qué decirles.

Solo me despedí de Michelino. De vez en cuando, si veía que se le había puesto cara de cadáver, el maestro se lo llevaba a comer buñuelos de garbanzos en la caseta de la via Dante. Estaba al fondo de la calle transportando un cubo de no sé qué y enseguida eché a correr detrás de él.

—Dámelo, que tú estás aún más flaco que yo —dije tirándole de la mano.

Michelino esbozó una sonrisa muda, porque desde que su padre había muerto había dejado de hablar y no le habían salido los dientes.

—¿Sabes que me marcho mañana? Me voy a Milán.

Asintió con la cabeza.

—Si quieres, te escribo una carta, quizá para tu cumpleaños.

Pero él no sabía siquiera en qué fecha había nacido. Era

un *picciriddu* que se había quedado muy retrasado. Cuando llegamos delante de su casa, dejé el cubo en el umbral.

—Despídeme de los amigos del colegio, yo no tengo tiempo —le dije—. Y, por favor, ¡vuelve a hablar!

Él volvió a asentir con la cabeza, pero a saber qué pasó al final.

Cuatro

Tras cerrar las correas de la maleta nos sentamos en las sillas a esperar: yo con el gato sobre las piernas, mi padre y la tía Filomena con los brazos cruzados. De cuando en cuando, uno de los dos abría la boca para hacerme alguna recomendación. La tía Filomena me dijo: «No te fíes de las mosquitas muertas»; papá me aconsejó que buscara un puesto de albañil «porque es el trabajo más bonito del mundo». Antes de salir fui a la habitación para despedirme de mi madre, sin recordar que ya estaba en el hospicio de Catania. En la mesilla de mi padre estaba la navaja con la que cortaba el queso con pimienta. Aplasté el botón que había en el mango y la hoja saltó fuera. Me la metí a toda prisa en los pantalones.

En el motocarro, Giuvà agitaba los billetes del tren a la vez que repetía: «Yo me ocuparé de ti, *picciriddu*», tan satisfecho que parecía un pavo real. Era negra noche, pero yo no había pegado ojo y no tenía nada de sueño. Normalmente me gustaba que mi padre sacara el motocarro, porque me divertía gritando por la ventanilla y pasando con él por delante del bar Torino. Hacía mucho ruido para demostrar a todos que nosotros, los Giacalone, éramos una familia que sabía lo que hacía. En cambio, mientras lo ayudaba a cargar el equipaje, que pesaba como un muerto por culpa de los malditos paquetes de sal, miraba desconsolado a mi alrededor y pensaba que, por mucho estruendo que hiciéramos, seguíamos sin ser nadie. Antes de marcharme tuve la esperanza de que el maestro Vincenzo estuviera detrás de la cortina con la pipa en la mano, viendo cómo me marchaba. En una ocasión había echado un vistazo al registro y había visto que había tachado los nombres de varios alumnos con lápiz rojo y con unos sellos donde aparecía escrito EMIGRADO. La idea de que hubiera estampado también un sello en mi casilla me parecía una injusticia bonita y buena.

Durante todo el trayecto, mi padre y Giuvà se quejaron de lo vacío que se estaba quedando el pueblo y de quienes se habían ido sin liberar puestos de trabajo, porque allí nunca había habido nada de trabajo. Giuvà se hacía el sabiondo y hablaba como si hubiera recorrido la Tierra palmo a palmo y fuera milanés de origen. Yo dibujaba pequeñas hoces de luna en la ventanilla mojada. Me molestaba la navaja que llevaba en el bolsillo y ya me imaginaba a mi padre vaciando los cajones en la cama y tirando la ropa por el aire, porque cuando perdía algo se volvía loco.

En la estación no parecía que fuera de noche. Algunas personas alborotaban como en el bar y nadie tenía sueño, salvo los que dormían ovillados en los bancos. En el andén, un señor se desgañitaba: «¡Coche de línea para Milán y Turín! ¡Las mujeres delante! ¡Las mujeres con barriga delante! ¡Coche de línea!».

Pregunté por qué no podíamos coger el coche de línea, pero Giuvà me dijo que me callara, que no entendía nada.

—¡El autocar tarda más y se pierde un día de paga! —gritó.

Giuvà seguía escupiendo sentencias, a diferencia de mi padre, que no abría la boca y lo miraba como si fuera alguien que no le gustaba. Yo pensaba que le iba a dar un castañazo en la boca y que después me iba a llevar de vuelta a casa, pero cuando llegó el tren subió las maletas sacudiéndolas y maldiciendo por lo que pesaba la que contenía los paquetes de sal.

—Pero ¿a santo de qué te los llevas? ¿Tan soso es lo que comen en Milán?

—La tía me dijo que ayudan a ahorrar —gruñí, y Giuvà se apresuró a corroborarlo, porque en Sicilia no había monopolio.

En el tren al principio tenía frío, pero más tarde el aire se cargó como en la tienda de comestibles de Turuzzu y, en lugar de frío, sentí calor y náuseas. Dormíamos uno con la cabeza en la almohada y el otro al revés. Yo tenía los pies de Giuvà bajo la nariz y, desde luego, no era ningún gusto. Olían a queso de oveja enmohecido. Por si fuera poco, empezó a roncar a los cinco minutos. Entretanto, yo pensaba con los ojos cerrados que el tren era estúpido, porque corría y arrollaba despiadado todo lo que le salía al paso.

En menos de una hora ya no podía respirar. Salí al pasillo, que estaba lleno de personas que hablaban cada una a su manera. Unos fumaban en la ventanilla, otros intercambiaban información y direcciones de fondas, algunos se pasaban frascos de licor, otros hablaban de Milán. Cada dos palabras repetían «norte» y «sur», pero era imposible entender a qué norte y a qué sur se referían. Yo quería repetir las fichas de Geografía de los lugares que nombraban e impartirles una bonita lección, pero si ya es difícil pegar la hebra con desconocidos, para un *picciriddu* lo es aún más. No era como ahora, que cuando habla uno todos callan para escucharlo o, si es un bebé, aplauden apenas dice algo. Antes, cuando hablabas, enseguida te gritaban que te callaras o te fulminaban con la mirada. Recuerdo que cuando íbamos de visita a casa de alguien, mi madre me advertía siempre antes de salir: «No pidas nada y habla solo cuando las ranas críen pelo».

En cualquier caso, encontré a alguien con quien charlar. Un chico más mayor que yo que se llamaba Antonio. Estaba sentado en el pasillo con los ojos cerrados y movía los dedos en las piernas como si estuviera tocando el acordeón. Gracias a mi cuerpo enjuto conseguí meterme entre él y otro que estaba echado en el suelo. En el pasillo del tren todos caminaban por encima de los demás, de manera que enseguida tuve que acostumbrarme a que me patearan y a aguantarme el dolor. El revisor era el más indiferente a donde pisaba y usaba la pinza para agujerear los billetes a modo de espada. Cuando me harté de ver a Antonio moviendo los dedos como un loco con los ojos cerrados, le dije:

—Pero ¿se puede saber qué estás haciendo?

—Practico.

— ¿El qué?

—A tocar el piano.

Solté una carcajada y le dije que es imposible tocar el piano sin piano. Entonces él abrió los ojos, que eran de color castaño, y me explicó que cuando has aprendido puedes tocar en cualquier sitio, en las mesas, en las paredes y también en las piernas.

—Eso no lo sabes, porque no tienes ni idea de tocar.

Despechado, intenté remedar a un guitarrista, pero con Antonio era imposible fingir. Sabía tocar muchos instrumentos y apenas me pidió que colocara los dedos en la posición del acorde puse mi cara de no entender nada y él se rio apretándose la barriga con las manos.

Antonio era de un pueblo de Calabria cuyo nombre no recuerdo. Se había marchado de él porque sus padres querían que fuera mecánico, pero él se negaba. Uno de sus tíos le había enseñado a tocar el piano y en verano había empezado a ganar unas monedas en los hoteles más lujosos de Catania, así que pretendía tratar de vivir de la música. Por eso iba a Milán. Antonio era muy bueno, y da igual que lo diga sin ser músico, porque cuando alguien pinta un cuadro, escribe un poema o compone una melodía como se debe, cualquiera lo comprende.

Antonio se cansó de mis innumerables preguntas y me llevó a dar una vuelta por el tren. En los compartimentos había más personas amontonadas en el suelo y de los retretes salía olor a mierda y a humo de cigarrillos. Salvo en la primera clase. Allí, los asientos eran de terciopelo rojo, la gente llevaba camisa y ya no te parecía estar en la tienda de comestibles de Turuzzu. De hecho, no nos dejaron entrar. ¡Lástima, porque del vagón restaurante nos llegaba un aroma a bollos con nata calientes, los famosos *maritozzi*!

Cuando estábamos llegando a Nápoles, el paisano se despertó y empezó a hablar con unos tipos que estaban fumando en la ventanilla. Con intención de entablar enseguida amistad con ellos les tendió el paquete de cigarrillos abierto y les dijo: «Coged uno de los míos, por favor». Me acerqué a escucharlos y me metí entre sus piernas. Para hacerme callar, Giuvà me dio un pedazo de turrón que se llamaba «rompedientes» y que hacía un ruido ridículo al masticarlo. A pesar de que era bastante amable, me molestaba que enseguida pensaran que éramos padre e hijo, porque él tenía cara de tonto, a diferencia de mi padre Rosario. En cambio, Giuvà se enorgullecía de ello, dado que su mujer no le había dado ningún varón. Los tipos en cuestión le contaron que iban a alojarse en una fonda y él alardeó de que iba a instalarse en casa de unos parientes. Enseguida me harté de escucharlos, porque también repetían una y otra vez la historia del norte y del sur y la de que el sur es una porquería de la que todos escapan. Así pues, regresé al lado de Antonio, que entretanto había encontrado sitio en un compartimento. Dormimos también pies con cabeza. Como ya éramos un poco amigos, no pegamos ojo. Yo le ofrecía el chocolate del maestro mientras él me contaba que saber tocar un instrumento es algo maravilloso, porque la música la llevas siempre contigo y te hace una compañía especial, diferente de la de los hombres. Entonces, para demostrarle que yo tampoco era estúpido, le recité los poemas que me sabía de memoria y él me respondió que solo sabía uno bastante feo que empezaba así: «Te quiero, piadoso buey».[3]

Antonio también se iba a alojar en una fonda y me pidió que escribiera la dirección en el diario.

—Yo, en cambio, voy a estar con los parientes del paisano —le dije.

—Entonces eres afortunado —respondió, pero yo negué con la cabeza.

Al final nos dormimos, pero poco, porque al cabo de un rato empezó a entrar la luz, primero rosa y después blanca. El campo corría veloz y yo me entristecía por las estaciones de los pueblos que dejábamos atrás sin detenernos. Pensaba que era una pena pasar por esos lugares sin ver si las cosas iban mejor en ellos. Quizá no fuera necesario subir más.

Menudo rollo en Bolonia, donde estuvimos parados casi una hora. Giuvà aprovechó para explicarme cien cosas más —cómo había que comportarse en la mesa, cómo había que tratar a los milaneses, cómo se cruzaba la calle— y empezó a hacerse de nuevo el sabiondo. O, al menos, eso me parecía a mí, porque no me apetecía aprender nada de él. Para aprender es necesario tener confianza y Giuvà no me inspiraba ninguna. Así pues, le hacía una pregunta tras otra para que hablara y, entretanto, yo lo escuchaba con una oreja y con el resto me ocupaba de mis asuntos.

—¿Cómo se busca trabajo?

3. Se trata del poema de Giosuè Carducci, «Il bove».

—¡Es muy fácil, *picciriddu*! Entras en una tienda, dices permiso y buenos días y luego preguntas si necesitan a alguien. Si llevas la gorra en la cabeza, recuerda que debes quitártela, ¡pero sin despeinarte!

—En ese caso no es difícil, puedo hacerlo sin que me acompañes.

—¿Seguro que no necesitas ayuda?

—Seguro, seguro.

Cinco

Nada más apearse del tren, algunos gritaron: «¡Mozo, mozo!», una palabra desconocida. De hecho, en San Cono cada uno lleva sus cosas y ojo si a alguien se le ocurre tocarlas.

—¿Llamamos también al mozo? —pregunté a Giuvà, quien se apresuró a decirme que me callara.

Siempre me decía que estuviera callado llevándose el índice a la boca con ojos amenazadores. Dado que era estrábico, no sabía que así parecía aún más lerdo.

En el andén, la gente era como una serpiente humana: unos transportaban maletas, otros llevaban recipientes de cartón en la cabeza, algunos empujaban cajas de madera. Una confusión increíble. Se oían un sinfín de lenguas incomprensibles y daba la impresión de estar en la torre de Babel. Además, la niebla entraba incluso en la estación para crear un espectáculo impresionante. Al principio pensé que era el humo de los cigarrillos, pero después me di cuenta de que era demasiado y de que no hacía toser. Me salía vapor por la boca y me divertía haciendo el ademán. Decía: «¿Has visto que he aprendido a fumar, Giuvà?», pero él no respondía, porque el trabajo de jornalero lo había atontado por dentro y estaba concentrado en arrastrar la maleta con los paquetes de sal.

Antonio solo tenía dos bolsas y parecía alguien que se ha fugado de casa. Nos quedamos hablando un poco en la explanada de la estación y, cuando se despidió de mí, le di un abrazo. Giuvà se entrometía en la conversación y le preguntaba cuánto le costaba la fonda y dónde estaba. Luego, de repente, se impacientó, me agarró del cuello y me dijo que me moviera:

—Mi primo nos está esperando delante del hotel del Viaggiatore, ¡no hay que ser maleducados!

Sin duda, ninguno de los dos había visto en su vida una plaza tan grande como la del Duca d'Aosta. Se necesita tiempo para acostumbrarse a esas dimensiones.

Al arrastrar la maleta, tropezaba con la gente y algunos me decían: «¡Mira por dónde andas, *napulì*, napolitano!». En un primer momento, Giuvà se puso a resoplar y luego a mirar los precios del hotel del Viaggiatore. Esperamos y esperamos, pero nada. El interior del hotel era luminoso, con una alfombra roja en la escalinata y un hombre apostado detrás del mostrador, vestido con un uniforme de color escarlata, que parecía un guardia. Esperamos y esperamos, pero nada. Del cielo caía un aire frío que hacía añorar la sopa de casa.

—¿Ves? ¡Tanto charlar y no hemos llegado a tiempo a la cita con mi primo! —me gritó a la cara.

—¡Eres un mentiroso, no tienes ningún primo!

—¡Oye, *picciriddu*, un poco de educación! ¡Siempre has de tener la última palabra! —vociferó dándome un empujón. Luego, exhalando su aliento de buey, suspiró—. No debería haberte traído, no sabía que eras tan grosero.

—¡Tampoco yo sabía que me ibas a hacer dormir en la estación!

Me dejó en la plaza, sentado sobre las maletas, para ir a preguntar dónde estaba Baranzate, la localidad donde vivía su primo el fantasma. Me quedé solo en medio de la niebla y, cuando por fin regresó, me dijo:

—Ninuzzo, dame la mano antes de que esto nos engulla y no volvamos a encontrarnos.

Tras una hora de indagaciones, unos tipos nos dijeron que Baranzate era un pueblo al que se iba con el tranvía.

—Pero ahora es tarde. Hasta mañana por la mañana no hay nada —nos explicó uno.

—¿No nos podéis alojar al *picciriddu* y a mí? —preguntó Giuvà con el paquete de cigarrillos abierto.

—Lo siento —dijo el más alto, inmisericorde.

Nos aconsejaron que durmiéramos bajo la luna, «No es grave», «Todos hemos pasado por ahí», decían al mismo tiempo que gorroneaban un cigarrillo tras otro.

Dormir bajo la luna me pareció algo romántico, pero luego me enteré de que significaba pasar la noche en una explanada próxima a Ferrante Aporti, dentro de un pequeño recinto que no tiene nada que ver con la propiedad privada. En él había personas tumbadas en el suelo con unos periódicos empapados debajo de las nalgas que alguien debía de haber dejado tirados allí. Algunos dormían sepultados bajo el equipaje y se abrazaban para calentarse, como hacen los conejos. A primera vista parecían un montón de muertos en un campo de batalla. A fuerza de gritar obligué a Giuvà a volver a la estación y, cuando por fin se liberó un banco, lo dejé con todas las cosas y corrí a ocuparlo. Dado que era alto y tenía los brazos largos, se echó en el suelo con la cabeza apoyada en una maleta y agarrando las demás con una mano.

Al día siguiente nos despertamos con los huesos triturados. La cola para lavarse en los servicios públicos era interminable y de los retretes salía un olor que Turuzzu, en comparación, era una perfumería francesa. Para que lo perdonara, Giuvà me llevó al bar y me compró un *maritozzo*. Robé otro y así el día empezó mejor. También porque cogí el tranvía, que enseguida me resultó simpático, con el faro que parece el ojo de Polifemo. Caminaba de arriba abajo en el vagón del número diecinueve, me sentaba y me volvía a levantar de los bancos de madera, sonreía a las señoras y a los que llevaban abrigo y leían el periódico; mataba el tiempo, en pocas palabras.

Más tarde llegamos a Baranzate, el final de la línea. Un lugar triste y miserable. Bloques de viviendas y solo bloques, y no era cuestión de desconocer las palabras. Es que en el mundo existen lugares, personas y trabajos para las que apenas se necesita un puñado de ellas. En el caso de Baranzate bastaban dos: edificios de viviendas y chimeneas, porque por todas partes había fábricas con chimeneas que arrojaban unas nubes densas que nunca se desvanecían. El humo era siempre un grumo pestilente que flotaba sobre nuestras cabezas. Giuvà y yo nos quedamos mirando con ojos desorbitados los altos tejados de los edificios de viviendas y un tubo de cemento que dominaba el cielo.

Las calles estaban desiertas. Esa fue otra cosa que noté enseguida. En San Cono había movimiento a cualquier hora: los que paseaban, hacían recados, vendían cosas, se paraban a conversar... En la periferia de Milán, en los pueblos como Baranzate, donde la gente solo iba a dormir, el único movimiento era el que se producía al entrar y salir de la fábrica. Por lo demás, era un cementerio. Hasta tal punto que al principio pensé que no iba a tardar nada en regresar a San Cono, que aunque sea un lugar que apesta a hambre, al menos estás rodeado por la naturaleza y reconoces el cielo al respirar. También Maddalena quería marcharse después de la boda. Soñaba con abrir una taberna cerca del mar, porque a mi mujer le gusta estar al lado de los fogones, preparar un primero y un segundo con guarnición para cada comida. Además, Maddalena adora el mar. Apenas llega a la playa, echa a correr con las sandalias en la mano y se tira al agua en un santiamén. Pero enseguida dejamos de pensar en los sueños. Es más, hasta hemos olvidado que existen.

El bloque donde vivía el primo de Giuvà también era feo. Diez plantas cada vez más mugrientas, con la fachada agrietada y olor a agua estancada en la escalera. Lo llamaban «la colmena», porque, más que pisos, eran celdas. Bastante cómodas, lo reconozco, pero celdas. En ellas solo vivíamos nosotros, los meridionales. Los vénetos y los emilianos se instalaban siempre en la misma calle, pero en otra colmena, con los sardos. A mí la fachada me parecía gris, pero algunos decían que era de color arena y otros verde claro.

En casa no había nadie, así que el paisano me ordenó que me quedara sentado encima de las maletas mientras iba a preguntar por su primo. Regresó sin la única maleta que no me había pedido que le guardara, porque se la habían robado. Me daba pena, con los ojos sudados por la agitación. Decía que dentro llevaba ciertas provisiones que le habían preparado su mujer y su hija mayor, Felicetta, y que se había quedado con las manos vacías, como un huésped grosero. Aguardamos varias horas y él, para contentarme, me llevó a la taberna que había en las inmediaciones de la colmena. Cuando salimos tenía la barriga llena, pero aun así, no aguantaba más de pie y de buena gana lo habría cambiado por un rato en la cama.

Hasta las cinco de la tarde no apareció la mujer del primo de Giuvà, que se llamaba Mena. Giuvà soltó unas lágrimas por la emoción. Ella me gustó, era robusta y tenía las caderas anchas, además de una cara redonda de madre. De hecho, fuimos a recoger a sus criaturas a casa de la vecina del primer piso, una mujer de Lucca que cuidaba de todos los niños de la colmena. El mayor, Mario, tenía tres años y era muy espabilado. El otro, Carletto, aún no había cumplido el año. Giuvà se puso enseguida a hablar con Mena y me dejó atrás para que transportara todo el equipaje. Mientras subía por la sucia escalera con dos maletas a la vez me repetía en la cabeza: «Paisano de mierda, esta me la pagarás».

El piso de la colmena era otra historia que requería pocas palabras. Y no porque fuera feo, sino porque era realmente desolador. La cocina, que se transformó en el dormitorio de Giuvà y mío, con las camas plegables que se sacaban por la noche de un balconcito donde había de todo; la habitación de Mena y Giorgio, donde, después de cenar, Giuvà y su primo le daban al vino sentados en dos sillas; y, por último, el cuarto de baño, la auténtica maravilla, con el inodoro y la cisterna, que te daban ganas de usarla a todas horas. Con todo, desde la ventana solo se veía la colmena de los vénetos y la chimenea que nunca dejaba de resoplar. Ni un pedazo de cielo.

Mena quiso servir el café, pero cuando le dije que el vino y el café no me gustaban, sonrió y no me dio siquiera un vaso de agua. Ellos dos conversaban, se hacían cumplidos y hablaban de la empresa de albañilería que Giuvà y su primo querían fundar. En cambio, yo comía en silencio un pedazo de chocolate del maestro Vincenzo. Era un poco viejo y tenía unas rayas blancas en los cuadraditos, pero aun así era mejor que el café. Luego, sin darme cuenta, me quedé dormido en la silla. A Giorgio no lo conocí hasta el día siguiente.

Seis

Solo podía entrar en el cuarto de baño después de que todos se hubieran lavado. Me ponía en la cola con la toalla colgada de un brazo, pero cuando llegaba mi turno siempre aparecía alguien que me robaba el sitio. «Tú después», decían, y la puerta se cerraba de nuevo. La única manera de usarlo era levantarse mientras los demás seguían durmiendo. Algunas mañanas lo conseguía y me lavaba con calma, usaba a escondidas el agua caliente y me sentía en el paraíso. En ciertas ocasiones me quedaba encerrado en el baño hasta media hora, porque me parecía el único lugar donde podía sentir un poco de paz. Me sentaba en la taza con los codos apoyados en las rodillas hasta que oía a alguien aporreando la puerta o mascullando alguna maldición.

A Giorgio lo conocí mientras se estaba afeitando y para presentarse me pasó una mano por la cara y me dejó un copo de espuma en la mejilla.

—Ya verás como dentro de poco te crece también la barba —dijo.

El primer día nos despertamos temprano. Mojamos dos galletas en la leche y salimos a toda prisa. Giuvà me llevó al bar como primera etapa. Le gustaba entrar en los bares cada dos por tres, apurar un vaso de vino y luego fumar al aire libre chasqueando la lengua. El tranvía nos llevó al corso Buenos Aires. Allí nos separamos.

¡Qué gusto estar solo! Sin sus quejas que me retumbaban como un disco rayado en los oídos. Había comprendido al vuelo que era el día apropiado. El viento era fuerte y, nada más apearme del tranvía, me cayó encima una gorra de cuadros que había salido volando de la calva de un señor. Me la puse enseguida y, mientras el tipo miraba alrededor desesperado, me metí en un callejón de esos que también existen en Milán si sabes buscarlos.

Empecé por los barberos. Entraba, me quitaba la gorra, que me llegaba hasta la nariz, y preguntaba.

—No queremos *napulì* —respondían algunos sin dejarme terminar siquiera la pregunta.

Aclarémoslo enseguida: la historia de que nos llamaran *napulì* la soporté porque llevaba puesto un suéter que había tejido mi madre con una bonita N en el centro, que, en cualquier caso, era la de Napoleón, el victorioso general, no la de Ninetto y menos aún la de napolitano. Pensaba que me llamaban así por la ene del suéter, así que no hacía caso, porque no podía explicar cada vez que nunca había estado en Nápoles y que solo me sabía la ficha de Geografía de esa ciudad. Cuando salía del local me gritaban en su extraña lengua que cerrara bien la puerta. A fuerza de preguntar, comprendí que los barberos tenían ya muchos niños que barrían el suelo y les pasaban las tijeras, las brochas y las cremas, así que entré en unos diez bares, pero también fue en vano. En una panadería. En una pizzería. En una librería. ¡En una camisería! Una tienda que no había visto en mi vida, con camisas por todas partes, pero tampoco saqué nada de allí. Hasta que llegué al final del corso. Ante mí arrancaba otra calle ancha y luego estaba el parque de Porta Venezia. Me paré con las manos apoyadas en la frente a modo de visera para mirar alrededor. Hice bailar los ojos y vi más comercios al otro lado de la calle. En uno aparecía escrito LAVANDERÍA DEL CORSO y fui a verla. Detrás de los cristales había cuatro chicas planchando y unos chorros de vapor que les ponían las mejillas rojas como melocotones. Eran guapas, sobre todo una, ¡rubia y con las tetas grandes! Un cartel en la puerta decía: SE BUSCA RECADERO. Me peiné al vuelo con las manos y entré. Una de las chicas me miró con indiferencia y llamó a la dueña, que contestó gritando: «¡Pregúntale si puede empezar hoy! ¡Pregúntale si tiene bicicleta!», hasta que la joven me acompañó a la habitación de la que procedía la desagradable voz. Antes de que entrara me dijo al oído: «Cuando te pregunte si conoces las calles de Milán, contesta siempre que sí o te quedarás sin trabajo», y luego me empujó dentro.

Tras una mesa había una gorda con las gafas apoyadas en la punta de la nariz y las manos llenas de recibos, facturas y papeles.

—¿Puedo fiarme de ti o eres como el resto de *napulì*?

—De eso nada, señora.

—¿Conoces las calles de esta zona?

—Como la palma de mi mano.

—¿Seguro que no eres como el resto de *napulì*?

—Se lo juro, señora. —Hice una cruz con los dedos y me los besé.

—Debes dejarme tres días de anticipo por la bicicleta. El sueldo es de mil ochocientas liras a la semana, te pagaré el sábado.

—Yo estoy listo, señora, el sueldo me parece bien, pero, por desgracia, no sé lo que es un anticipo, si no, se lo daba.

Por mucho que mascullara y resoplara, me había metido a la gorda en el bolsillo. Las instrucciones que me daba sobre la educación que debía mostrar con los señores a los que debía entregar la ropa y con los camareros de los restaurantes a los que debía llevar los manteles y las servilletas eran pura palabrería. ¡Tenía trabajo y una bicicleta! Me entraron ganas de escribir una carta en papel de seda para dar la noticia a todo San Cono. En un principio me sentí excepcional y muy afortunado, pero lo cierto era que en esos años y en los siguientes nunca faltó trabajo. Podías darte el lujo de mandar al patrón a hacer puñetas, a él y a toda su raza, porque salías desocupado el viernes y el lunes ya habías encontrado algo en otra parte.

El trabajo era sencillo: recoger las batas envueltas en celofán de casa de Carmela, las camisas de Elena y los manteles de Maria Rosa y, con la ayuda de Lucia, meterlos en la cesta de mimbre que llevaba atada a la bicicleta. Las chicas me sonreían, igual que muchas madres, y cada vez que volvía para llenar de nuevo la cesta me moría de ganas de que Maria Rosa me abrazara y me dejara meter la cabeza entre sus tetas. Casi todas las entregas eran en el corso Buenos Aires, como mucho en el de Abruzzi, y no me perdía porque lo único que tenía que hacer era buscar el número. Aun así, era lento, todavía estaba aturdido por el tren, que me silbaba en los oídos, por el frío que sentía en los huesos debido a la noche que habíamos pasado en la estación, por la miseria de la colmena... Además, en la bicicleta no tocaba suelo y para montar en ella tenía que subir al escalón de la lavandería. Un asunto muy complicado. Si no me caí nunca, quizá fue porque Dios me sujetaba con su mano grande e invisible.

Al final del día, un tipo me paró en la oscura escalera de la colmena. Llevaba la camisa fuera de los pantalones y tenía una pata de palo. Había perdido la pierna en una picadora mecánica, en una de esas fábricas que siempre estaban en boca de todos, como si fueran más hermosas que Maria Rosa. El cojo seguía recibiendo el sueldo como uno que iba a trabajar y que tenía dos piernas, pero no podía moverse de casa por si le hacían una visita sorpresa. Como mucho, podía salir al rellano, y, de hecho, eso es lo que hacía. Se asomaba y vigilaba el barrio. Solo bajaba a la calle los domingos y, moviéndose como un péndulo, se acercaba a la gente que hacía corro alrededor de la furgoneta del chatarrero.

—Nunca te había visto —me dijo, de manera que tuve que explicarle quién era y en qué planta vivía, y, por si fuera poco, no me quedó más remedio que escuchar su historia. Estaba tan cansado y tan hambriento que me habría comido la pata de palo.

En casa todos me felicitaron por la rapidez con la que había encontrado trabajo; en la cara de Giuvà, verde como la de un sapo, se leía la envidia que sentía, y Giorgio maldecía, porque los *picciriddi* ganábamos una miseria. De hecho, aunque me diera aires de adulto para que me respetaran, no acababa de entender lo del sueldo. Sabía más de permutas que de dinero. Cinco cromos con dos barras de chocolate y un balón a cambio de un neumático de bicicleta, un día de trabajo con don Alfio a cambio de una cesta de guisantes o de diez berenjenas, ese tipo de cosas. Por eso, cuando Giorgio dijo que con mi sueldo apenas podía pagar una cama en la fonda, me entraron ganas de gritar. Pensé que, si debíamos ser unos muertos de hambre en cualquier caso, habría sido mejor quedarse en San Cono y trabajar como *jurnataru* en el campo con mi padre, así al menos los domingos habría podido ir a ver a mi madre con el motocarro y el Etna con Peppino.

Mena salió de la cocina para decir que ya estaba bien.

—¡Cualquier madre italiana querría un hijo capaz de encontrar trabajo en un día! —vociferó.

Menos mal que Mena vivía con nosotros.

—Cuando fundemos la empresa de albañilería, te pagaremos mejor, ya verás —dijo Giorgio a la vez que me daba uno de sus pellizcos en la mejilla, que no me hacía la menor falta, dado que no me sostenía en pie.

Así pues, dejamos de hablar del tema y comimos una sopa que era agua sucia y como segundo atún en lata. Otro alimento desconocido, que no sabía a atún, sino a lo que tú querías.

Los días siguientes fueron mucho peores. Las entregas de la tarde eran sencillas. El problema era llevar los manteles a los restaurantes por la mañana. Las tabernas y los mesones no eran como las casas de los viejos en batín, que estaban en su totalidad en el corso Buenos Aires. Los otros estaban por todas partes. Del viale Zara a Lambrate, y no es poco. Me desesperaba, no encontraba nada. Ni siquiera las plazas. Pedía ayuda, pero no era como en San Cono, donde los ojos dulces y las lágrimas de actor hacían efecto; allí, la gente iba deprisa y ni siquiera veía mis lágrimas. Los poquísimos que se paraban para darme indicaciones hablaban demasiado rápido, y, cuando me preguntaban si los había entendido, yo les respondía que sí, pero lo cierto es que las palabras me resbalaban fuera de la cabeza. Recuerdo el apestoso restaurante del Delfino, que busqué durante más de una hora hasta que un quiosquero me dijo: «Pero, enano, ¿no ves que está ahí?», y lo tenía justo detrás. Un delfín zambulléndose en el agua al lado de las palabras azules: así era el letrero.

Al cabo de varios días de entregas, el camarero de ese restaurante empezó a darme comida y yo la aceptaba de buena gana, creyendo que me había convertido ya en un hombre vestido con camisa, porque recibía los platos que había preparado el chef. Pero lo cierto es que al quitar la película de plástico que envolvía el cucurucho, salía un olor apestoso y se veía todo mezclado, un poco de carne, cuatro macarrones, un pedazo de queso, y yo me sentía como un perro por tener que comer ese revoltijo. Además, solo me daba la fruta que había recibido algún golpe.

—Oye, cabrón, ¿me tomas por un perro? —grité una mañana tirando el contenido del cucurucho, que parecía vómito, delante de la puerta.

El tipo intentó darme una patada, pero ni siquiera me rozó, el cabrón de mierda. Tuvo suerte de que no le sacara la navaja de mi padre. A partir del día siguiente, mi comida consistía en la manzana que mordisqueaba mientras iba en bicicleta. En cualquier caso, mejor eso que sentirse como un perro.

Sea como fuere, el trabajo de recadero me ayudó a comprender que Milán es un lugar mágico y horrible a la vez. Horrible por sus calles anchas, por los coches que me amenazaban y por los peatones que, en su dialecto incomprensible, me gritaban que bajara de la acera. Era un rapapolvo continuo que me hacía sudar y me ponía el corazón como un tambor. Pero, al llegar a mi destino, se abrían las grandes puertas y aparecían unos edificios de viviendas que parecían palacios reales. Entonces era también mágico. Silencio de paz, árboles fuertes, setos de flores abiertas... ¡Y los porteros! Unos ángeles que me salían al encuentro para ayudarme a hacer rápidamente y bien mi tarea. ¡Por no hablar de los pisos de pasillos largos, suelos brillantes y manos que tendían unas liras de propina o bandejas llenas de bollería! Parecía un trabajo digno de un papa, solo que las entregas eran numerosas y había que correr. Hasta tal punto que me metía los bollos en el bolsillo o me los comía de un solo bocado deshaciéndolos en una mano. Una vieja ama de llaves que veía cómo me atracaba me repetía siempre: «*Va piàn, giuanìn*

EL ÚLTIMO EN LLEGAR

pipéta!»,[4] y yo me reía sin entender una palabra. Por la noche estaba extenuado, con los músculos de las piernas duros como piedras. En el tranvía me dormía con la mejilla pegada a la ventanilla o incluso de pie, abrazado al poste para sujetarse. A fin de cuentas, apenas se salía del centro ya no había nada que mirar. Además, en Baranzate solo estaba el hospital y la consabida hilera de fábricas con un sinfín de tejados triangulares. A decir verdad, también había un quiosco en medio del carril del final de la línea, donde los vecinos del barrio iban a beber Cinzano. Y eso porque los pobres desgraciados necesitan beber para olvidar que lo son.

4. En dialecto lombardo, «Ve despacio, pequeñajo».

Siete

Hace tres días que estoy tumbado con las manos en la nuca repitiéndome estas patrañas. Hay momentos en que solo puedes aferrarte a tu historia. Esta mañana, al amanecer, llegó uno. Ahora somos siete aquí dentro. Solo faltaba él. Un tipo achaparrado con cara de lelo que seguro que acabó en la cárcel porque lo pillaron robando gallinas. Cinco metros por tres, cuatro literas, un inodoro turco, un lavabo del tamaño de mi antebrazo, un agujero donde el sol entra de higos a brevas. Así es la celda número cuarenta y cuatro.

Titta me dice que estoy exagerando.

—¿No puedes levantarte y charlar un poco? ¿Vas a pasarte el día vuelto de espaldas? —pregunta con ese lenguaje caótico del que no sabe hablar italiano y jamás se ha preocupado por aprenderlo. En su mundo solo cabe el dialecto.

—¿Por qué tengo que levantarme? Así estoy bien.

—Pero ¿es que los demás te importan un carajo?

Me gustaría responderle que sí, que me importan un carajo, pero en lugar de eso le digo:

—¿Y eso qué tiene que ver? Entre los ojos cerrados y los ojos abiertos no hay ninguna diferencia. Si necesitas algo, tócame en el hombro.

Antes de que pueda acabar la frase, el muy granuja me toca el hombro. Lo miro conteniendo la risa, porque, si no, enseguida se le suben los humos.

—Hoy hay una puesta de sol preciosa, ven a verla —dice tirándome del brazo—. Parece mentira, pero en esta cloaca hoy se puede ver un anochecer maravilloso —asegura.

Titta tiene voz de charlatán. De uno acostumbrado a entrar y salir de estos lugares que ya no se toma nada a mal. Mira siempre hacia delante y nunca tira la toalla. Ya está anotando en un cuaderno cómo clasificar los lotes de nieve que los sudamericanos van a descargar en el puerto de Nápoles. Lo que me gusta de él es que no le da vergüenza. Habla del contrabando de droga igual que un honrado carpintero lo haría de su taller.

—Pero ¿qué te cuentas mientras estás tumbado así? —tercia el otro, que se llama Stefano. Un atraco fallido.

—Mato el tiempo.

—¡No, así el tiempo te mata! —me corrige Titta y se gana un poco más mi simpatía, porque me siento comprendido.

Tras acabar el cigarrillo, que me he fumado sentado en el catre abrazado a las rodillas, vuelvo a dar la espalda a todos. Deben ver los omóplatos en forma de garfio que sobresalen en el suéter. Faltan ya pocos días. Dos semanas más y podré salir. Dejaré aquí a estos pobres desgraciados. Y ellos me abandonarán fuera, que es aún peor. Si sales, tarde o temprano debes empezar a arreglártelas; aquí, en cambio, siempre tienes una excusa para posponer las cosas.

Estoy deseando volver con Maddalena. No le he dicho qué día salgo. Quiero darle una sorpresa. Y quiero comprobar si me engaña. Si la pillo in fraganti, en dos horas estaré de vuelta en Opera.

Con los ojos cerrados intento recordar los lugares que frecuentaba y dónde podré volver con el tranvía o la bicicleta. Iré allí a contarme mi historia. A fin de cuentas, es imposible encontrar trabajo. No lo encuentran los jóvenes, así que figúrate si lo hará el menda, que tiene ya cincuenta y siete años mal llevados. Vagaré por ahí como un gandul, sin un euro en la cartera, porque, si no, me arriesgo a caer en los malos vicios. Las máquinas tragaperras, las tarjetas de rasca y gana, el billar. Saldré únicamente con el tabaco y pasearé para tomar un poco de aire y para desentumecer los huesos. Seguro que emergerán recuerdos importantes. Caras congeladas en la memoria, días que no logran pasar por mi mente en este agujero, calles que he recorrido de arriba abajo como si estuviera en una piscina. La via Plinio, la via Vitrubio, la via Tadino, la via Pecchio, la via Petrella, la via Mercadante, la via Pergolesi... Con solo nombrarlas las veo ante mí con sus tiendas, sus aceras abarrotadas de gente y, sobre todo, los amigos que había hecho y que a saber dónde estarán ahora. La florista de la via Broggi, el dueño de la ferretería de la via Morgagni, el pastelero de la via Macchi. Gente que me ayudó en aquellos días donde solo recibía broncas de la gorda y empujones de los transeúntes.

Cuanto más me aprendía las calles, más frío hacía. Eran unos inviernos feroces, no como estos, en que la niebla ya

65

no existe y la nieve es de mentirijillas. Las calles se transformaban en placas y patinabas de maravilla. Solo te paraban las paredes. Por suerte, en el piso de la colmena había una estufa. En cambio, fuera, con la bicicleta, era terrible. Siempre tenía las manos agrietadas y la piel enrojecida.

Cuando la gorda, quizá tras la visita de algún santo, me concedió una pausa, pude comer por fin con las chicas dentro de la lavandería. Nos sentábamos a una mesa y cada uno sacaba su fiambrera. Los primeros días siempre comía pan con anchoas, porque Mena solo me daba lo que había traído en la maleta. Anchoas. Después, con el tiempo, empezó a quererme cada vez más porque jugaba con sus hijos, así que me preparaba a escondidas bocadillos con fruta o unas tortillas tan finas como las hostias, pero buenas. Decía: «¡Mételo en la bolsa y no le digas nada a nadie!».

De hecho, era mejor que Giorgio no se enterase, dado que ya se lamentaba de que pagaba muy poco por la molestia, prácticamente una cosa simbólica. Por lo demás, yo no podía hacer nada al respecto. Hasta que entré en la Alfa Romeo, mi sueldo también era simbólico.

Al principio, con las chicas comía aún menos que en la calle, porque me dedicaba a coquetear, sobre todo con Maria Rosa, que era perfecta y nunca tenía un pelo fuera de su sitio. Cuando me dirigía la palabra o me pasaba la jarra de agua, se me caía la baba. Le hablaba de San Cono, de mi madre, del colegio de la via dei Ginepri, y luego le preguntaba cosas tratando de desviar la conversación hacia algo que yo conociera, como, por ejemplo, una ficha de Geografía. Miraba a Maria Rosa boquiabierto y el día que su novio, un mecánico vestido con un mono gris y brillantina en el pelo, llamó al escaparate de la lavandería, el mundo se oscureció. Ella solo se percató de mis celos el día en que le puse la zancadilla a su mecánico, que, mientras se acercaba a ella para saludarla, se encontró con uno de mis pies entre las piernas y cayó de bruces al suelo. Se levantó rojo de vergüenza y al menos esa vez no la besuqueó. La gorda me ordenó que le pidiera perdón, pero yo ni muerto. El menda no pide perdón.

De esa forma, Maria Rosa me retiró el saludo. El caso es que, cuanto menos me hablaba, más guapa me parecía, más me cruzaba con su novio y más ganas tenía de hacer algo para acabar con él. No temía que me vapuleara, a pesar de que era tres veces más grande que yo. Al contrario, lo miraba con aire de desafío. Pensaba en las cosas horrendas que podría hacerle, tipo lanzarle agujas a la espalda con una cerbatana, clavarle un tenedor en el dorso de una mano o ponerle la navaja bajo la barbilla, como hacía el hermano de Peppino cuando jugaba a amedrentarnos. Al resto de las chicas tampoco les gustó mi comportamiento, de manera que en la mesa apenas me respondían. Así pues, pronto volví a comer solo en la bicicleta y a sentirme de nuevo un perro. Exceptuando el jueves, el día en que comía en el banco de Gerino, el portero de la via Palazzi, que se rizaba el bigote con zumo de limón. ¡Qué simpático era Gerino, menudos chistes guarros se sabía!

A mi padre le mandaba de vez en cuando alguna carta, pero breve. Las largas eran para Peppino y el maestro Vincenzo. Es más, no tardé mucho en escribirle a mi padre tarjetas postales. Las compraba en un quiosco que tenía un gran expositor giratorio. En ellas aparecía el Duomo, la plaza de la estación, los Navigli o la *Madonnina* dorada, y yo me quedaba con el índice apoyado en la boca sin saber cuál escoger. Mi padre me respondía que mi madre seguía igual y que también San Cono seguía igual. Una mierda. Yo le contestaba que no se quejara, que ciertas partes de Milán también eran una auténtica mierda y que también mis días en la colmena eran idénticos. Como el recorrido del tranvía, que nunca cambia. El domingo, además, no era mucho mejor. Se me hacía eterno. Para empezar, todos se lavaban con parsimonia. Los hombres se afeitaban en la dirección del pelo y a contrapelo, de manera que, como era el último en usar el cuarto de baño, cuando terminaba de asearme, Giorgio y Giuvà se habían ido ya a pasear. Entonces a mí me entraban ganas de revolverme el pelo que había peinado con raya, desabotonarme la camisa y dar un alarido que rompiera los cristales. Me quedaba en casa hablando con Mena, que me enseñaba a cocinar y me preguntaba cómo me iba en el trabajo. Al principio estaba de morros y le hablaba dándole la espalda. Miraba fijamente la chimenea, que escupía circunferencias de humo y contaba las horas que faltaban para el lunes, que me parecía una liberación. Después me tranquilizaba y me iba a tirar las botellas que Giorgio y Giuvà habían vaciado la noche anterior y la ayudaba a cortar la cebolla, o entretenía a Mario y

Carletto con una canción que me había inventado, «Mario y Carletto comen y juegan, luego se acuestan y me dan un beso». Los *picciriddi* estaban como locos conmigo. Siempre les hacía reír.

Si quería ir a dar un paseo, tenía que pedírselo a Mena, pero cuando lo hacía, ella me ponía mil excusas: que si tenía que preparar la comida, limpiar la casa o cuidar de los niños. De modo que, en caso de que saliera, lo hacía solo. Los paseos eran cortos, porque alrededor de la colmena no había nada. Era un horizonte de fábricas grandes y pequeñas, hileras de tejados puntiagudos y naves de chapa. Más allá de las naves, nadie sabía lo que había. Un domingo que fui a la iglesia vi fuera a unos hombres con las tarjetas del Totocalcio, la quiniela. En los bancos de dentro solo había unas cuantas señoras y alguna que otra niña tan fea como el corazón de una manzana. Por si fuera poco, el cura era el más exasperado de todos y predicaba sin la menor convicción. También la iglesia era diferente de la de San Cono, donde don Fabrizio, el primo de mi padre, tenía todo limpio, las velas encendidas, el fresco de la Ascensión al cielo y el suelo de mármol que enceraban las beatas del pueblo. Allí, en cambio, todo estaba roto y se veía que la gente, después de emigrar, se desinteresa incluso de nuestro señor Jesucristo y de su madre, la Virgen. Otro domingo en que no sabía dónde meterme, me aventuré por la escalera de la colmena. Llegué hasta debajo del tejado. Después de la última planta había aún un tramo que acababa delante de una puerta de hierro. La abrí como pude haciendo fuerza con las dos manos, porque la manija estaba oxidada. Vi un gran espacio que se erigía en forma de pirámide. A los lados no había barandillas y los muros eran bajos; hasta un *picciriddu* como yo se podía asomar. Era un lugar asqueroso lleno de cartones, excrementos, pedazos de botellas, estufas rotas, ladrillos podridos y muebles destrozados. Hice amago de entrar, pero al final me quedé pegado al picaporte, muerto de miedo. En un rincón vi un montón de ratas grandes con el pelo gris que o bien se estaban matando por un bocado, o bien estaban de orgía. Solté la puerta y, mientras bajaba corriendo la escalera, recé para que en el hospicio de Catania no hubiera ratones ni mugre.

—¡Si te hubieras dado prisa, habrías venido con nosotros, eres más lento que un caracol! —me decían Giorgio y Giuvà cuando regresaban.

Si he de ser franco, cuando los oía me entraban unas ganas enormes de escupirles en la cara.

El domingo también era aburrido porque bebían vino incluso después de comer y me tocaba escuchar lo que decían sobre la empresa de albañilería que querían poner en marcha. Me quedaba plantado como un centinela cerca de Mena, que remendaba los calcetines, y me preguntaba cómo era posible que no se aburrieran allí, inmóviles y sin jugar a nada. Después se iban a dormir la siesta y en la casa anochecía antes. Bajaban las persianas y el silencio se instalaba en las habitaciones. Entonces dormía a Mario y a Carletto con la canción que me había inventado y luego me iba al sillón a escribir una carta poniendo un cartón debajo del cuaderno para escribir las líneas rectas. A Peppino le escribía que en Milán los jóvenes no sabían divertirse, al maestro que algunos días se me hacían demasiado largos. También le decía que no era fácil escribir en el diario, pero no por cansancio, sino porque esa tarea requería paz y la casa era un manicomio. Nunca releía las cartas, porque si lo hacía me avergonzaba de lo mal que escribía. Hasta tal punto que en una ocasión le pregunté: «Disculpe, maestro, pero si uno no sabe escribir como el señor Pascoli, ¿no es mejor que ni lo intente?».

Las cosas se torcieron cuando vi que habían dado buena cuenta de mis provisiones sin decirme una palabra y cuando Giorgio vino a decirme que tenía que dar más dinero en casa, lo que significaba que no iba a poder ahorrar ni una lira, a pesar de que no pagaba el tranvía y eso ya era algo. Pero, sobre todo, se fueron al traste cuando mi padre me escribió en una carta: «Recuerda que le di a Giuvà un poco de dinero para los casos de emergencia, úsalo si lo necesitas». No sabía qué hacer. Giuvà y yo habíamos reñido muchas veces, pero jamás por dinero. En una ocasión nos habíamos peleado porque decía que el trabajo de limpiar trenes que había encontrado era mejor que el mío. Gilipolleces, le pagaban lo mismo que a mí, que era un *picciriddu*, y encima tenía que hacer turnos. Además, para conseguir el puesto había tenido que pagar a un capataz de cooperativa, que eran todos unos ladrones que se aprovechaban de los emigrantes.

—¡Y ni siquiera trabaja contigo Maria Rosa, que tiene dos tetas estupendas!

—¡Cállate, charlatán!

—¡Cállate tú, que no sabes nada!

—¡La educación, niño! ¡Siempre en primer lugar! —E intentaba darme una patada sin conseguirlo.

—¡Abajo las patas o se lo digo a mi padre!

Al oír mis gritos, Giorgio venía corriendo y, resoplando como la Jorobadita Puntillosa, decía:

—Abbott y Costello, parad ya y venid a la mesa.

Entonces lo dejábamos, a menos que empezáramos a discutir sobre quién era Costello, dado que ninguno quería ser Abbott.

En otra ocasión discutimos porque me arrancó de la mano una carta dirigida a mi padre. Le había escrito que me había hecho dormir en la estación y que sus parientes no eran generosos ni tenían habitaciones de invitados, sino que vivían en la colmena, que el piso tenía el tamaño de una gatera, que me daban bizcochos *savoiardi* para desayunar y que querían que les diera casi la mitad de mi sueldo por la molestia. Me había echado bocabajo a escribir en la cama y Giuvà vino para quitarme la hoja. La leyó en voz alta soltando barbaridades, porque era tan ignorante como una bestia campestre. Reñimos vociferando y al final me tapó la boca y me amenazó:

—Duérmete o te estrangulo.

Yo me eché a llorar desesperado con la cabeza debajo de la almohada. Él se durmió con la carta en una mano.

Me concentré para no dormirme. Además de ovejas, esa noche conté todos los animales que Noé subió al arca. A la mañana siguiente, me desperté al amanecer y lo miré mientras dormía como un buey. Me preparé para salir de puntillas. Abrí la puerta y, antes de enfilar la escalera, me acerqué al dedo gordo del apestoso pie que asomaba por debajo de la sábana y, tapándome la nariz, le di un mordisco que le hizo crujir el hueso. Giuvà gritó como un asno vapuleado y despertó a todo el edificio, además de provocar un infarto a Mena, a Giorgio y a los dos niños. Escapé con la carta en la mano y un sabor tan asqueroso en la boca que me hacía escupir en los escalones.

En cualquier caso, el episodio del dedo gordo fue una tontería y al final salí del apuro con una patada antes de cenar. En cambio, los niños se habían llevado un buen susto, así que no tuve más remedio que esperar la ocasión adecuada para actuar. Un domingo por la mañana, cosa extraña, Giuvà me llevó a dar un paseo. Por la calle me contó que la única manera de poder comprar la furgoneta y poner en marcha la empresa era endeudarse. Apenas tocaba ese tema, se iba por las ramas y empezaba con sus sueños de riqueza. Yo le daba la razón y le decía siempre que sí. Cuando llegamos al quiosco que estaba en las inmediaciones del hospital, pidió un bollo *maritozzo* para mí y un Cinzano para él. Antes de salir me había puesto la bandolera sin pensar. Dentro había metido el diario, dos panecillos vacíos, agua y el suéter azul oscuro que me había tejido mi madre. Cuando llega el momento de pagar, Giuvà saca la pinza con los billetes. Sin perder un segundo, me meto el bollo en la boca y le salto al cuello. Me apodero de la pinza y él vuelca una mesa para agarrarme. Suelta una retahíla de palabrotas. Yo le grito:

—¡Ladrón! ¡Un día de estos mi padre vendrá a Milán a romperte los dientes uno a uno!

—*Carusu fitusu!* ¡Niño de mierda! —grita él mientras corre jadeando y haciendo reír a la gente que está esperando el tranvía.

Dos señores sentados a una mesa se levantan y vociferan:

—¡Volved a vuestra casa, *terroni*, meridionales!

Pero al camarero le importa un carajo lo que suceda, para empezar porque él también es del sur, y luego porque se parte de risa al vernos. Mientras corro agitando la pinza, resbalo en una piedra y me araño las rodillas. Giuvà casi me pilla en ese momento, pero yo logro subir antes al tranvía, que cierra las puertas en ese preciso momento y arranca.

—¡Adiós, paisano de mierda! —le digo desde la ventanilla saludándolo con la mano.

Ocho

Maddalena ha llegado a las tres en punto, como todos los jueves. Acaba de salir de la peluquería y está muy guapa. Tengo la impresión de que mi mujer nunca envejece. Ha pedido que me entreguen los tres suéteres que esta mañana ha ido a comprar adrede al mercado. Luego ha vuelto a casa, ha comido patatas al horno y después ha salido para coger el coche de línea con el que ha venido hasta aquí. Le pregunto si los del mercado se tomaban confianzas con ella mientras los elegía. Por toda respuesta, ella se encoge de hombros y esboza una sonrisa modesta que me hace sentir aún más ganas de romper el cristal para abrazarla. Maddalena dice que tengo que cambiarme más a menudo de suéter, porque la ropa de un fumador apesta enseguida. Hace años que estamos así. No sabría decir si conozco de verdad a mi mujer. Quizá solo conozca lo que ya no existe. Después de charlar un poco, nos quedamos siempre callados y nos miramos. Callados a través del cristal del locutorio. Ella mira fijamente mis manos, yo trato de hacerle la radiografía, de ver su piel bajo el vestido, sus pensamientos en la cabeza. Me gustaría lanzarle preguntas sentimentales, como las que se hacen los escolares, pero siento una vergüenza que no sé de dónde procede y que me paraliza las piernas y los brazos.

Mientras nos observamos, me viene a la mente que la celda está vacía, porque los demás han iniciado esta mañana el curso de pastelería al que no he querido ir. Qué cojones me importa a mí la pastelería. Al pensar en la celda vacía me entran unas ganas incontenibles de volver a ella, así que le digo a Maddalena que me duele la barriga y que necesito ir al baño. Ella entiende que es una excusa y se entristece, con todo el camino que ha hecho.

En la celda solo está el recién llegado con cara de tonto. Como tiene los auriculares en los oídos, ni siquiera me oye entrar. Me echo enseguida en la cama, coloco las manos detrás de la cabeza y cierro los ojos.

Después de la manera en que había humillado a Giuvà, no me quedaba más remedio que irme del piso. «Ahora tendré que buscar una casa», me repetía en el tranvía mientras me presionaba los rasguños con una hoja de periódico. Eché un vistazo al dinero que quedaba en la pinza: menos de la mitad de lo que me había dado mi padre. Poco.

El final de la línea estaba en el corso Sempione, cerca de un arco enorme con unos caballos voladores. Detrás había un parque donde se veían unos puestos adornados con papel maché. En el aire flotaba un olor navideño y me preguntaba cómo sería la Navidad en el hospicio de Catania. Entretanto, entré en la feria, donde vendían pasteles, muñecas de trapo, algodón de azúcar y *vincotto*. Me compré un palo de algodón de azúcar y lo lamí como un perro. Fui a sentarme en un banco. Abrí el diario y empecé a es-

EL ÚLTIMO EN LLEGAR

cribir mis pensamientos, que no podían ser más breves. No era como en los libros de cuentos, donde las frases llenaban una página tras otra. Mis hojas aparecían apenas manchadas por unas cuantas palabras escritas con dificultad, que jamás releía. Un señor me preguntó si me había perdido. También él me dijo «*giuanìn pipéta*», pequeñajo. Yo le respondí que no y me marché. Más adelante, vi a uno con la gorra calada hasta los ojos que tocaba el acordeón; sus dedos se deslizaban tan rápidos que era imposible seguirlos. A pesar de ser un villancico navideño, no era triste, sino que te hacía sentir ganas de patalear. Al final, la gente se acercó a echarle dinero y yo también me aproximé a él con dos monedas en la mano.

Al ver al joven que tocaba me acordé de Antonio y pensé que si no quería dormir al aire libre debía ir a buscarlo. Busqué en el diario la página en que me había escrito la dirección donde se alojaba. Tardé mucho en llegar al viale Brianza. Cuando di con la fonda, era ya la hora de cenar. Llamé a tres puertas y pregunté a todos:

—¿Está Antonio, el músico?

Hasta que un hombretón se echó a reír al oír la pregunta y gritó:

—¡Antonio el músico! ¡Hay un crío en la puerta!

Lo saludé por su nombre y le pregunté si se había convertido en un pianista profesional. Él me invitó a entrar y le conté lo que me había ocurrido. Me dijo que tenía que ir enseguida a hacer las paces con Giuvà, pero yo le contesté que si no me dejaba quedarme con él dormiría en la escalera de la fonda. En un primer momento, Antonio resopló, luego sacudió la cabeza y al final me presentó al resto de los inquilinos, que eran adultos.

La fonda del viale Brianza era un edificio de tres plantas integrado por unas habitaciones grandes. En ellas vivían grupos de trabajadores emigrantes y varias familias que se habían mudado recientemente. Antes de que llegara yo, el cuarto donde vivía Antonio estaba ocupado por siete personas. Las paredes estaban desconchadas y el hedor que salía del cuarto de baño común, que estaba en el rellano, llegaba hasta la habitación. De ella recuerdo la lámpara colgante, el olor a lana chamuscada de tanto dejar los suéteres en la estufa y el aire cargado de sueño que flotaba hasta la noche. Pero la gente era alegre. Todos eran de los Abruzos. Todos hombres. Y, salvo Antonio, todos albañiles. Nada más entrar, me pusieron *taralli* y unas rodajas de salchichón sin preguntarme nada, y en la cena me senté al lado de Currado, un tipo altísimo con mejillas de perro *cocker*. Además, estaba Ruggero, uno con las patillas largas y una barriga de pelícano que cocinaba unos espaguetis al huevo deliciosos. En resumen, que cuando la primera noche Antonio y yo nos echamos a dormir cabeza con pies, le dije que quería quedarme en la fonda como fuera y que no se preocupara, que de una manera u otra lograría tener suficiente dinero. Entonces él suspiró otra vez en la habitación oscura y gruñó:

—Haz lo que quieras.

El único momento que tenía para recuperar mis cosas era después del trabajo. Mena también estaba enfadada y, para

demostrármelo, no me dejaba acercarme a los *picciriddi*.
Giorgio se limitó a decir:

—No te conozco, pero has de saber que si quieres estar
aquí debes ser respetuoso y tener la cabeza sobre los hombros.

Giuvà estaba trabajando, mejor así. Saludé al cojo, que
estaba fumando en la escalera.

—Irse de aquí siempre está bien —dijo.

Dejé un paquete de sal en cada puerta. El tranvía nocturno tenía unos faros que parecían velas de iglesia: amarillos y somnolientos.

Antes de instalarme en el viale Brianza tuve que ver al
señor Cattaneo, el dueño del edificio, y dejar unas monedas de anticipo. Una semana justa de mi sueldo de recadero. Me dijo que no tardaría en procurarme un catre, pero
jamás me lo dio, así que tuve que resignarme a dormir en
un colchón que cada mañana levantaba y apoyaba en la
pared con la ayuda de alguien.

La felicidad de la fonda era la comida. Por la noche me
llevaban con ellos al sótano, un lugar frío que se encontraba
en los subterráneos del edificio y donde había una mesa,
sillas y una cocina con horno y fogones. En la puerta había
colgado un gran folio con los turnos para cenar y, dado que
todos tenían derecho a hacerlo en gracia de Dios, había
que respetar el horario. Nosotros estábamos en el último
turno, así que cenábamos a las nueve y media. «Al menos
así no nos echan de aquí», decía uno que se llamaba Evandro. Ruggero y Currado preparaban salchicha con tomate
o pasta, a veces muslos de pollo y albóndigas. Eran unos

platos enormes y algunos comían tan deprisa que se manchaban por todas partes, incluso en la frente. Luego mojábamos pedazos de pan en la salsa y, si era invierno, nos íbamos corriendo a la habitación masticando el último bocado para no enfriarnos más. Comer en ese lugar infernal era como hacerlo al aire libre, de forma que todas las noches nos acordábamos del señor Cattaneo. Lo maldecíamos, le deseábamos la peste bubónica, la diarrea, que le estrujaran los huevos. Me gustaba cómo estaba organizada la pandilla. Los abruzos eran ignorantes, pero no se enorgullecían de su ineptitud.

Una vez acompañé a Currado a telefonear. Con las monedas que tenía en el bolsillo llamé a mi padre. Para hablar con él tenía que telefonear a la lechería de Gioacchino, quien lo hacía bajar corriendo con un grito. Las monedas caían deprisa, de manera que, para que pudiera darme su opinión, le conté todo rápidamente —la pelea con Giuvà, la amistad con Antonio, el traslado a la fonda— y él al final dijo con solemnidad: «Tú sabrás lo que es mejor». No me dijo una palabra de mi madre.

Un sábado por la tarde salí con Ruggero. Era un tipo bajo, rubio y con los ojos de color avellana. Además, era ocurrente y le gustaba hacer comentarios sobre los transeúntes, en especial sobre las mujeres. En la tienda compré cinco kilos y medio de pasta, cuatro latas de puré de tomate y tres panes redondos de Apulia.

—¿Estás seguro de que puedes permitirte pagar esa compra? —me preguntó en la caja.

—¡Sí! —grité orgulloso sacando la pinza.

—Mira que si es por nosotros, puedes esperar, comes como una lombriz —dijo, y me pasó un dedo por el cuello.

Al salir de la tienda, Ruggero me cogió las bolsas y me dejó caminar y brincar hasta el viale Brianza. De vez en cuando, sueño con los amigos de la fonda, que vienen a recogerme a la cárcel. Cuando los veo aparecer, vuelvo a ser *picciriddu* y ellos me llevan a pasear por la ciudad. Es sábado por la tarde, hace ese sol fatuo de Milán que blanquea la piel y yo estoy contento. Quizá la fonda fue el único lugar donde aún tuve tiempo de sentirme niño. Sobre todo el sábado por la noche, cuando Antonio salía a tocar y los demás iban a bailar. Entonces yo, como aún no me interesaban las mujeres, me quedaba con Currado, Ruggero y Filippo, que se daban a la cocina. Siendo cuatro, podíamos cenar en la habitación, sin necesidad de bajar al sótano, y para ellos ese hecho constituía una fiesta nacional. Regresaban con las bolsas llenas de pan, carne en rodajas o picada para la salsa, pollos para asar en la estufa, vino de uva barbera, aguardiente y dulces de chocolate. Ruggero gritaba con una sonrisa pícara en los labios:

—¡Vamos, quitadlo todo de en medio que han llegado los americanos!

Así que, mientras bajaba a cocinar, hacíamos sitio empujando los catres hacia un rincón y abríamos una mesita plegable que luego yo ponía con esmero: el cuchillo a la derecha y el tenedor a la izquierda. Currado decía en la mesa que los comerciantes del norte se habían enriquecido con el hambre de los *terroni*, de los meridionales.

—Llevábamos a cuestas el hambre, dentro de los hue-

sos —repetía llenándose de nuevo el plato—, y trabajando
hemos empezado a comer un poco en gracia de Dios y a
darnos algún antojo.

De hecho, en San Cono ciertos alimentos solo se veían
en Navidad o cuando acababas en el hospital (los plátanos
y el helado, por ejemplo). En ocasiones podías comer el
mismo plato durante meses, hasta tal punto que mi padre
decía en el campo:

—Esta noche cenamos pasta y guisantes, pero mañana
no, querido Ninuzzo, ¡mañana guisantes y pasta! —Y se
reía mostrando sus dientes estropeados.

Filippo le daba la razón a Currado, pero decía que, salvo
la comida, era mejor vivir en el pueblo, donde siempre te
encontrabas con alguien en la plaza y había más solidari-
dad. Entonces comenzaba la discusión y Currado gritaba
de manera que parecía aún más grande. Una montaña humana.

—¡¿Cómo es posible echar de menos un lugar donde
no hay futuro y donde la gente se levanta con hambre de
la mesa?! —vociferaba, y cuando decía eso, recuerdo que
dejaba de masticar y asentía con la cabeza boquiabierto.

Volvía a sentir en el estómago los rebuznos del burro.
El sabor a sal rancia de las anchoas que me hacían beber
litros de agua. Más tarde, quitábamos la mesa, y Currado
y Filippo jugaban un buen rato a la escoba. Ruggero, en
cambio, odiaba las cartas y jugaba a las damas conmigo.
En esas veladas me repetían en coro que dejara la lavandería y que me hiciera albañil.

—Te conviene, se gana más —aseguraban.

Una noche era mi cumpleaños y se lo dije a Ruggero mientras jugábamos a las damas. Entonces él levantó las manos y gritó: «¡Alto ahí!», luego dejó la partida y dijo que bajaba a prepararme algo. Volvió a la habitación con una tortilla donde había puesto unas cerillas a modo de velas. Los tres me cantaron feliz cumpleaños, tan desafinados como los mugidos de una vaca. Fue una fiesta preciosa. Y si el señor Pascoli hubiera estado con nosotros, creo que habría escrito incluso un poema de los suyos, uno de esos que te dejan tan asombrado. Esa noche cumplí once años. Según la ley, para poder entrar en una fábrica debían pasar cuatro más.

Nueve

Titta no logra pegar ojo y se mueve tanto en la cama que al final me despierta. Entonces nos ponemos a fumar cerca del agujero y hablamos en voz baja. Los demás roncan. De fuera llegan unos pasos pesados y, a lo lejos, los ruidos de las camionetas que entran y salen. Hablamos de lo bonita que debe de ser la noche en las calles, y él está realmente contento de que salga dentro de unas horas. Me da consejos como si fuera mi padre. Él, que es más joven que yo y que ni siquiera tiene todo el pelo cano.

—Yo cuando era pequeño soñaba con presentar el festival de San Remo, ¿y tú? —dice mientras contempla la oscuridad.

Me pongo la mano alrededor de la boca para no hacer demasiado ruido.

—Yo con ser poeta —respondo.

Titta me contempla admirado, con los labios hacia fuera, las pestañas estiradas hacia la frente y ojos de admiración. Luego se echa a reír de buena gana. Ni que hubiera dicho que quería ser tragafuegos o domador de leones. Ese contrabandista ignorante se ríe tanto que el cuello se le hincha y de su garganta sale un silbido extraño.

—Pero ¿para qué sirven los poetas, Ninè? ¿Cuándo llega el momento en que es indispensable conocer a uno?

Le respondo que no entiende nada y que, a pesar de que no sé explicar para qué sirven los poetas, corroboro que es un zafio sin esperanza.

Después cambia de tema y dice que, cuando salga de aquí, organizará otro par de partidas y se instalará en Sudamérica, en uno de esos países donde solo existe el calor, el mar transparente y, en caso de necesidad, hermosas mujeres.

—¿Te vienes conmigo? —me pregunta.

Le contesto que quiero estar en Milán con mi mujer y esperar hasta conocer a mi nieta. Él asiente con la cabeza para asegurarme de que ese día no tardará en llegar.

Seguimos hablando. Del futuro que me inquieta, del mundo, de la cárcel. De repente me pregunta:

—¿Te apetece contarme algo de lo que te dices cuando tienes los ojos cerrados?

—Titta, no soy capaz de contar esas cosas en voz alta, no sé hacerlo bien.

Entonces volvemos a mirar el cielo en silencio hasta que aparece algún rayo de luz violeta. Puede que ambos nos sintamos como dos amigos que han salido a cenar después del trabajo y han pasado una velada agradable, con la libertad que solo se da entre los encarcelados.

Entrar y salir siempre es muy rápido. Lo que se hace interminable es el tiempo que separa una cosa de la otra. Un guardia rubio y con los ojos azules, parece alemán. Pronuncia lentamente mi nombre en el umbral:

—Giacalone, Ninetto.

Tengo pocas cosas y las meto de cualquier manera en

la bolsa. No tengo nada que decirle a Titta, solo un largo abrazo y sus manos aferrándome las mejillas.

—Ahora que vuelves a casa haz el favor de comer —me dice en tono fraternal.

—Quizá un día me presente en Sudamérica, ya me dirás adónde vas. —Y nos reímos por última vez.

Ahora que estoy saliendo tengo la impresión de que, contándolas, no han sido pocas las veces que nos hemos reído ahí dentro. Él me regala un paquete de Multifilter y yo le dejo mis MS blandos. A los demás justo un adiós que no interrumpe su vaguear.

Fuera, la nieve. Trato de coger algún copo con la mano, pero se escapan como moscas.

El aturdimiento de los coches y los ruidos de la ciudad son difíciles de describir. No es fácil echar a andar. Mientras doy los primeros pasos pegado a la pared, me viene a la mente un libro que leí hace años sobre un tipo que tras salir de la cárcel se refugiaba en un monasterio. Pienso que yo no estoy, desde luego, menos apegado a la Virgen y a Jesucristo y que podría ser una buena idea. Me pregunto si conozco a la gente que camina a mi lado, que se acerca a mí, que me adelanta. Si tal vez son amigos de la fábrica, compañeros del sindicato, gente del barrio. Si pasan a mi lado en silencio para mostrarme cuánto me desprecian. Tardo muchas horas en llegar a la via Jugoslavia. No cojo ni autobuses ni tranvías. Y cuando llego por fin ni siquiera llamo por el telefonillo. Aguardo paciente a que entre alguien y me cuelo en el portal.

—Perdone, ¿quién es usted? —me pregunta un señor con sombrero.

Lo miro fijamente a los ojos y sigo recto sin responderle.

Cuando abre la puerta, casi da un salto y la cuchara de madera se le cae de la mano y mancha de tomate el suelo de cerámica. Tengo la cabeza mojada por la nieve, copos en la cazadora y en la bolsa, que me quito y dejo enseguida en el suelo. Nos damos un fuerte abrazo, pero no me da un beso. Corre al cuarto de baño a coger una toalla y frotarme el coco es su manera de besarme. En ese momento, en bata, sin la melena recién salida de la peluquería y la capa de polvos, me parece distinta. Tengo la impresión de que el tiempo también ha pasado para mi Maddalena.

Intento hacer algo enseguida. Le pregunto si puedo arreglar algo en esta casa siempre idéntica, con los sofás de flores, la mesa de nogal rayada, la tapicería de color piel de patata que daría lo que fuera por arrancar para pintar las paredes de blanco. Pero ella dice que no a todo, también a la propuesta de cocinar juntos.

—Descansa, descansa.

No deja de pedirme que repose, como si me hubiera cansado en la cárcel y no me hubieran comido las termitas. Deambulo como un sonámbulo por el viejo piso de dos habitaciones. Meo olvidándome de cerrar la puerta. En la cárcel pierdes también la costumbre de la civilización. En el armario del espejo todo está en su sitio: las cuchillas, la loción para después del afeitado, la peineta, la laca para el pelo. El pelo... Hace diez años aún me quedaba algo, todavía tenía cubierta la cocorota. Cierro la puerta. Al mirarme al espejo me veo voluminoso. Será que en la cárcel no había espejos y acababas sintiéndote inconsistente.

En el dormitorio olfateo el colchón como si fuera un perro antidroga. Tiene aroma a colada. La almohada huele al champú infantil Johnson's, el de color yema de huevo que va bien para los *picciriddi* y que es el único con el que Maddalena se lava la cabeza. Supongo que el televisor de plasma lo habrá comprado Elisabetta. Se ve de maravilla y hasta el presentador del telediario parece menos patoso de lo habitual. Me enciendo uno de los Multifilter de Titta delante de la fotografía en que aparecemos los tres en la feria. Elisabetta debía de tener unos doce años, Maddalena luce el abrigo de piel que le regalé y yo, una divertida gorra de color marrón. Recuerdo a Stefano, el atracador, que en la celda hablaba mucho solo mirando la fotografía de su hijo. A saber si también mi mujer me habrá hablado delante de la imagen enmarcada. A saber si mi hija lo habrá hecho al menos una vez. Si alguien le ha dicho a mi nieta: «Ese de la foto es el abuelo Ninetto, que pronto volverá a casa».

—¡Aquí no se fuma! —grita Maddalena a mis espaldas, y casi me caigo al suelo del susto.

Me empuja por los hombros y vamos a la habitación haciendo el trenecito. Luego desaparece en la cocina para prepararme la comida y aquí estoy sin saber qué hacer. Y ni siquiera ha pasado media hora.

—¿Te ayudo a poner la mesa?

—Descansa, descansa.

Voy a la ventana. Enfrente están construyendo un edificio de viviendas. Antes, en cambio, había un campo y entraba más luz. Titta tiene razón: cuando yo le decía que me asustaba la idea de encontrar el mundo cambiado, él me contestaba que no me preocupara, «Ahí fuera siempre suena la misma música», afirmaba con sabiduría. De hecho, en el edificio no ha cambiado nada. Tampoco sus habitantes. Reconozco a los Aleardi, a los Rossi, a los Gattesi del quinto piso. Solo tienen diez años más a sus espaldas. A los que no reconozco es a los niños, que ahora se han convertido en jóvenes. Han cambiado de cara, de estatura, de voz. Puede que alguno se haya olvidado ya de haber sido niño.

En la habitación grande vivíamos ocho, pero Ruggero, Filippo, Evandro y dos más regresaron a sus pueblos para las fiestas. De manera que la Navidad de 1962 me quedé solo en la fonda en compañía de Antonio y Currado, que cocinó para un ejército.

—Si no te metes en los fogones, no parece fiesta y te entra melancolía —repetía subiendo y bajando del sótano con las bandejas calientes en equilibrio sobre los brazos.

Pero, por mucho que cocinara maravillas, Antonio y yo sentíamos la melancolía. Yo porque tenía un buen lío en la cabeza —mi madre, San Cono, el colegio, el trabajo, Giuvà, Maria Rosa—, y Antonio porque había decidido marcharse a las montañas del valle de Aosta y trabajar como pastor estacional, dado que necesitaba dinero con urgencia. Se había hartado de la ciudad y había terminado con la música, se sentía humillado. Decía que ya estaba todo decidido y que no tenía ganas de explicar los motivos ni la manera. También él se marchaba con un paisano.

—Haces bien —le dijo Currado—, luego en primavera podrás ir a recoger flores en Liguria, en otoño aceitunas a Taggia y cuando te hayas dejado la piel aquí y allí, verás como vuelves a Calabria o buscas volando un trabajo en una fábrica y sientas la cabeza.

Pero se lo decía con esa expresión tolerante y buena que solo tenía Currado. En cuanto a él, no había vuelto a su pueblo porque allí ya no lo esperaba nadie.

—Familia y trastos viejos, pocos y lejos —repetía siempre, y con esas palabras te había contado su historia.

Después de cenar, llegó una cuarta persona totalmente inesperada. Giuvà llamó a la puerta. Al verlo en el rellano se me heló la sangre en las muñecas, aunque por la cara de perro apaleado y por la flema con la que sacudía los pies en la puerta para quitarse la nieve, no parecía que hubiera venido con malas intenciones. Lástima, dos sopapos de Currado y habría caído al suelo como un burro muerto de un disparo. Antes de que Currado le preguntara quién era, él se presentó con la gorra en la mano y Antonio se apresuró a servirle un café caliente.

—Volvía de trabajar y quería felicitar a este *picciriddu*, que ya no es tan *picciriddu* y alza la cresta —dijo sonriendo—. Fuera la nieve sigue revoloteando —prosiguió por añadir algo, dado que nadie le devolvía la sonrisa.

Estaba abatido y cansado, pero se esforzaba por contar cosas alegres: que había comido *panettone*, que los trenes estaban vacíos y la estación limpia y silenciosa. En realidad, cualquiera sabe que una estación vacía es la quin-taesencia de la tristeza. Si además de vacía, es Navidad y debes *travagghiare*, es una auténtica mierda. Yo, de hecho, pensé que seguía siendo un mentiroso y que no te podías fiar de él. Quizá esbozaba esas sonrisas falsas con la espe-ranza de que volviera a la colmena con él y, una vez allí, abofetearme en la cara o recuperar el dinero con la pinza. Currado dijo que cuatro hombres que no juegan a las car-tas en Navidad son unos auténticos mariquitas y empezó a mezclar la baraja con sus manos endurecidas por el mor-tero. Giuvà y yo contra Antonio y Currado. Nos dejaron pelados. Perdimos la primera, la segunda e incluso la ter-cera partida, porque, después del café, Giuvà había pedido que le sirvieran vino. Comía a dos carrillos que daba gusto y no memorizaba las cartas. Cuando tiraba la que no debía y Currado hacía escoba, se daba una palmada en la frente y repetía: «Vino pícaro». Se quedó a dormir con nosotros, y a la mañana siguiente, que era Santo Stefano, salimos para ir a misa, pero luego nos quedamos en el bar.

—A fin de cuentas, ninguno de nosotros se llama Ste-fano, no es grave —decía Giuvà riéndose como un atontado.

Antes de subir al tranvía me pidió que lo acompañara a pasear un poco. Mientras andábamos hacia la parada, me sumí en un silencio rígido. Él me dijo que lamentaba lo que había sucedido y me dio unas explicaciones inútiles.

—Dentro de poco, el banco nos dará el dinero para la furgoneta y empezaremos —prosiguió sin mirarme—. Hemos ido poco a poco, pero al menos hemos hecho las cosas como se debe —afirmó torciendo su cara estrábica.

Me parecía más viejo y aún más alelado. Es posible que cuando el trabajo empieza a mortificarte, nunca deje de hacerlo.

—Está empezando a llover —le dije—, será mejor que vuelva.

—¿Estás seguro de que no quieres regresar a la colmena?

Asentí con la cabeza.

—Ahora tengo una casa completamente mía en el mismo bloque. Puedes poner una cama y podemos dormir pies con cabeza. No quiero nada por la molestia.

Cuando llegó el tranvía, me metió en el bolsillo cuatro billetes y me volvió a pedir disculpas. Me entristeció imaginármelo en su celda de la colmena siempre solo. Bajó la ventanilla para despedirse como si estuviera en el tren. A mí me entraron ganas de tirarle el dinero a la cara, de gritarle que se quedara con él, porque no era de mi padre Rosario. Pero al final me fui sin decir nada. Arrugaba los billetes en el bolsillo como si fueran papel de periódico.

En la habitación nos comimos las sobras del día anterior y luego cada uno se metió en su catre. Antonio hizo la maleta y Currado y yo brindamos por él (él con vino y yo con agua fresca). Cuando Currado me vio en el catre escribiendo en el diario al lado de una lámpara llena de cagadas de mosca, me preguntó si era poeta y yo le dije que «un poco», porque sentía que aún estaba a tiempo de convertirme en uno. Siento no haberle hablado a Currado sobre mi amistad con el maestro Vincenzo, pero la verdad es que no me salían las palabras.

Diez

No sé qué más decir sobre el resto de los días que pasé en la fonda del viale Brianza. Eran días sin historia. Otro año y medio de bicicleta y de manzanas verdes para comer, hasta tal punto que aún me siguen dando tanto asco como las anchoas. Otro año y medio con la gorda que me pagaba los sábados resoplando y con las tetas de Maria Rosa, que nunca se dejaban tocar.

Mi padre me mandaba unas cartas aún más telegráficas que mis tarjetas postales. Me escribía: «Ninè, ¿vas a venir a verme este verano?»; y yo le contestaba: «Me encantaría ir, papá, pero si dejo esto meterán a otro y me quedaré sin nada». Nunca se lo decía, pero, a medida que pasaban los meses, cada vez pensaba menos en San Cono y en mi madre. Solo me acordaba de ella algunas veces y cuando me venía a la mente, me sentía un pedazo de mierda.

Currado y Ruggero no dejaban de repetir que la gorda era una esclavista y que debía hacerme albañil.

—¡Ya eres mayor, ya has cumplido trece años! —decían sin parar.

Una frase que si la dices hoy llaman al teléfono de protección a la infancia. Ahora los hijos comen con babero y duermen en la cama de los padres hasta los treinta años, incluso más. En el caso de Elisabetta también fue así.

Un día, Ruggero me dijo que su capataz iba a empezar una nueva obra en un pueblo fuera de Milán que se llamaba Bollate y que estaba buscando mano de obra.

—¿Quieres ir? —me preguntó a bocajarro.

—No, ¡quiero quedarme con vosotros! —respondí.

Pero los dos me explicaron que, en poco tiempo, la obra donde *travagghiavano* terminaba, porque los bloques de viviendas estaban hechos y acabados y ellos iban a tener que ir a donde hubiera trabajo. Fue otro día de mi vida en que lloriqueé. Luego no volví a llorar hasta que entré en la cárcel. No sé si ese día lo hice por la celda, porque me dolía el estómago o por lo que había hecho.

Currado me dijo que debía sentirme feliz con la propuesta de Ruggero y que no gimoteara como un mocoso.

—Pide más bien consejo a tu padre —me sugirió.

Pero cuando llamé a la lechería de Gioacchino, mi padre Rosario me repitió simplemente que el trabajo de albañil era el más bonito del mundo y que si no aceptaba ganaría el concurso de gilipollas número uno.

De esa forma, al día siguiente, entre una entrega y otra, me presenté de mala gana en la obra. El capataz me despachó rápidamente, me dijo cuándo empezaba y cuál iba a ser mi tarea. El sueldo era el doble que el de la lavandería y no pude por menos que aceptar. Ruggero me dijo para animarme: «Evandro también va a ir, tienes suerte». Pues menuda suerte. Evandro era el único de la fonda que nunca hablaba y tener el palo de una escoba era lo mismo que tener a Evandro, que, por si fuera poco, roncaba con tanta fuerza que hacía temblar el techo.

Cuando se lo conté a la gorda, esta gritó que era igual que el resto de los *napulì*, incluso peor, y me ordenó que fuera a hacer las entregas. El sábado, cuando debía pagarme, me dijo que no tenía dinero para mí porque era peor que los demás *napulì* y la dejaba en una situación difícil. Entonces me puse a gritar, pero ella lo hacía más fuerte, con una voz de cuervo en celo, me empujaba y vociferaba: «¡Insolente, deshonesto!». Desesperado, intenté fingir que lloraba para convencerla de que si me aumentaba el sueldo, aunque fuera poquísimo, me quedaría. Entonces, la gorda me miró a los ojos desde lo alto y luego resopló promesas de que en un futuro me arreglaría lo que me pagaba.

—Que no se diga que no tengo corazón —dijo mirando a las demás chicas.

Al final me pagó la semana y, a continuación, volvió a cargar la cesta de manteles y me dijo: «*Uè, nani*, a ver si te mereces el aumento, niño».

Por ese motivo no pude despedirme de Maria Rosa, Elena, Carmela o Lucia. Tenía que actuar por fuerza de esa manera si quería recibir el sueldo y la escasa liquidación que merecía. Me metí el dinero en el bolsillo, monté en la bicicleta y ¡largo! ¡Menuda risa me entró mientras pedaleaba a toda velocidad! ¡Una bonita bicicleta de hombre con candado, cesta de mimbre, ocho manteles, dos pijamas y no sé cuántas servilletas! Si hubiera sido chica, ya tenía el ajuar. Jamás me he sentido culpable por ese robo. Y creo que el maestro Vincenzo no me habría regañado, visto lo bien que nos había hablado de los bandidos de Basilicata.

La mudanza a Bollate la hice en bicicleta. Unas pedaladas interminables con la cesta llena con las cuatro prendas de ropa que tenía y mis cachivaches. Para llegar a Bollate tuve que pedalear unos diez kilómetros. Allí el paisaje no se parecía nada al de Milán: tierra, cielo, aire cortante y ni un coche, solo una Lambretta de cuando en cuando. Se veían campesinos trabajando, también mujeres, y al verlos pensaba que en el norte también había miseria, como, de hecho, así era, porque allí donde hay mujeres en el campo es que hay miseria.

Me instalé en una chabola preciosa. Más grande y espaciosa que la fonda del viale Brianza. A decir verdad, se parecía a los refugios de montaña donde ahora la gente va de vacaciones, pero sin equipamientos modernos. Más aún, no había siquiera agua corriente. Solo una mesa, varias sillas, una estufa y un armario pequeño con perchas. En esos años, en Bollate y en los pueblos de la provincia se podía comprar una parcela por poco dinero y construir una casa modesta con fonda. De hecho, brotaban como setas, una fila tras otra. Los hombres las construían después de comer y los fines de semanas. Apenas acabábamos de construir una, llegaban con el tren del sol[5] las mujeres y los niños que se

---

5. Tren que en el pasado comunicaba el sur del país con el norte y donde viajaban los emigrantes.

habían quedado en el pueblo y se oía festejar en la calle y voces hasta bien entrada la noche. En las fondas, en cambio, vivíamos en alquiler las brigadas de carpinteros. Era un alojamiento siempre improvisado, se entiende, pero al menos no vivíamos amontonados como en las fondas milanesas. Ya no existen esas chabolas. No queda ni rastro de ellas, porque la fatiga de los pobres miserables nunca deja huella. Tampoco en los libros escolares, donde únicamente se lee sobre el rey y la reina.

En la fonda siempre iba a la mía. Los calabreses eran una gente muda y aburrida. Vivían como animales. Para ellos, el máximo de la diversión eran las competiciones de eructos cuando bebían cerveza. Quién sabe, puede que fuera la soledad de la chabola de Bollate la que me hizo comprender que debía espabilarme y empezar a interesarme por las mujeres. En siciliano se dice *fimmine*, hembras, pero el maestro Vincenzo nos explicó un día que esa palabra era despreciativa, porque una vaca o una cerda también son *fimmine*, de forma que para distinguir respetuosamente a los seres humanos hay que decir «mujeres». Aunque sea fea o sea igual que una cerda, hay que llamarla «mujer». Fuera como fuese, en la soledad de la fonda me habían entrado ganas de querer, porque cuando uno sabe ir del brazo de una mujer ya no está solo ni es un *picciriddu*. Se convierte en adulto. Un hombre hecho y derecho.

Once

He decidido salir. Tras haber pasado una semana pegado a la ventana, mirando el edificio en construcción y a los chinos que han comprado el bar de Filippo, he decidido poner un pie en la calle. Lo siento por Filippo. Los domingos por la mañana, a eso de las once, era estupendo ir a su bar a beber Crodino y regresar a casa con el paquete de pasteles y el periódico bajo el brazo. Filippo tenía una cara familiar y alegre, no como esos ojos almendrados que jamás sonríen. Trabajan como hormigas y lo hacen todo sin hablarse.

Saco la bicicleta del sótano. Ha estado parada durante diez años y ahora el freno chirría. Doy una vuelta por el patio y cuando lo aprieto parece un tren entrando en la estación. A mí todo este frío, esta luz y este oxígeno me parecen excesivos y me hacen perder el equilibrio. Salgo sin rumbo fijo. Abrigado con el gorro de lana y la bufanda cubriéndome la nariz. Es imposible no recordarlo. Quizá los recuerdos sean los hechos que no logramos olvidar.

De buenas a primeras, en una media hora estoy en el barrio industrial de Arese, donde la fábrica de Alfa Romeo permanece como un muerto en pie. Impresiona el silencio de cementerio que se siente allí. Con solo mirar alrededor me retumba en la cabeza el rechinar de los talleres, el ruido

de las máquinas, el ir y venir de los camiones, de las carretillas, de la gente que entra, de la gente que se va, un ejército de monos azules desperdigado por todas partes... Era
un ruido incesante y la verdad es que me parecía infinito.
Luego me harto de repente de contemplar el monumento
fúnebre al trabajo que ya no existe y me marcho. Mientras
pedaleo entreveo un concesionario de coches y entonces
ato la bicicleta, me quito el gorro, meto la bufanda en un
bolsillo y entro. Hay una chica guapa tras el mostrador. El
listo de Titta la habría invitado a cenar en un pispás.

—¿Ha visto algo que le interese? —me pregunta acer-
cándose a mí con una sonrisa que no he hecho nada para
merecer.

—No, no, señorita, me basta con la bicicleta. Más bien
quería preguntarle si no les hace falta una persona.

La sonrisa superlativa ya es agua pasada. Hasta dudo si
no me la habré imaginado.

—¿Para qué, señor?

Hago como que no he oído la pregunta cretina.

—Para trabajar.

—¿En el taller o en la oficina?

—Donde sirva, me adapto.

Ella entonces me mira con perplejidad, incluso se lleva
una mano a la barbilla antes de contestar. Del apuro salimos al cabo de un minuto interminable, cuando hace acopio de sus ideas y no encuentra una frase mejor que esta:

—Déjeme su currículum europeo y lo entregaré en la
sección de personal.

—¿Qué debo dejarle, señorita?

—El CV.

—¿Y eso qué es?

A esas alturas ella ya no ve delante de ella a un hombre, sino a un extraterrestre, y no le resulta fácil proseguir la conversación.

—Es un documento donde debe escribir sus datos, sus solicitudes, sus estudios.

—¡Ah! —respondo aligerando un poco las arrugas—. Si quiere, se lo escribo aquí mismo, me basta con un folio.

—Es necesario presentar el currículum en formato europeo —insiste cada vez con mayor rigidez.

—¿Y dónde puedo encontrar el formulario? —pregunto, amable por última vez.

—En la red.

Pienso en los futbolistas que se abrazan a la red tras meter un gol, en la red de pescar y, para que no me falte de nada, incluso en las medias de red. Obviamente, sé que ando desencaminado, pero no quiero darme por vencido.

—De acuerdo, en la red. Entonces puede que vuelva. Voy a la red y vuelvo.

Aún no son siquiera las once y ya estoy hasta los huevos. Me voy de la zona, donde ya no hay nada. La desindustrialización lo ha borrado todo de aquí y para buscar las fábricas que había en el pasado tendría que pedalear hasta Rumanía. Atravieso Quarto Oggiaro, la via Mac Mahon y luego, poco a poco, llego al corso Sempione, donde de vez en cuando me dejaba el tranvía que cogía en la colmena. Hay unos bonitos castaños de Indias y casi ha asomado un hilo de luz rubia. En el bar no me gasto más dinero en otro café, a pesar de que me iría bien. Vaya si me iría bien. Me siento en el banco húmedo y echo la cabeza hacia atrás como si estuviera en la peluquería, en uno de esos lavabos donde te parece que te masajean cuando te aplican el champú. Una luz extraña atraviesa las hojas de los árboles y me hiere los ojos. Si los cierro, siento un vértigo que me hace olvidar dónde estoy. Como un desmayo.

En la chabola de Bollate pasé otro otoño y otro invierno. Ya había cumplido catorce años. A fuerza de convivir con los calabreses me había convencido, y lo sigo estando, de que los abruzos son un poco obtusos, no digo que no, pero bonachones y simpáticos, mientras ciertos calabreses son unos auténticos canallas. Cuando regresaba del trabajo, me lavaba como podía, dado que era necesario ir a la fuente a llenar el cubo de madera y luego, para no oírlos, salía en camiseta de tirantes, me sentaba en un muro bajo y me desahogaba fumando. Había crecido y me dolían las rodillas, porque el cuerpo empujaba, la voz era más ronca y me rascaba la garganta, me salía pelo en la cara y también alrededor de los pezones; en pocas palabras, todo era un deseo de salir a cielo descubierto. Tenía pocos amigos, mejor dicho, poquísimos, y cada vez estaba más convencido de que mi padre Rosario tenía razón cuando decía: «Los amigos no existen, solo existen personas con las que pasar el tiempo cuando no tienes nada que hacer y quieres olvidar los marrones». El recuerdo de mi vida con los *picciriddi* de la via dei Ginepri, cuando aún no tenía un carácter solitario, re-

trocedía, se volvía desenfocado y tan lejano como un barco
en el horizonte. Si alguno de las chabolas vecinas me preguntaba: «¿Vienes al bar, Ninetto?», yo iba, bebía gaseosa,
charlaba un poco y eso era todo. Nunca hubo otro Peppino.
Tampoco otro maestro Vincenzo. Creo que solo puedes ser
amigo de verdad cuando eres *picciriddu*, cuando estás limpio por dentro y no haces cálculos de interés ni otras inde-
cencias.

Cuando pasaban los grupos de muchachos con el balón
o con cañas de pescar, ya no me importaba no saber unirme
a ellos. Me sentía a gusto mirando los árboles hinchados
de hojas. Los perfiles de las montañas blancas que se vis-
lumbraban en los días límpidos y que luego el naranja del
sol derretía y hacía desaparecer por la noche. Pensaba que
el señor Pascoli y el resto de los poetas eran más afortu-
nados, porque lograban enamorarse de la naturaleza y no
solo de los hombres.

Una mañana me desperté antes de lo habitual a causa de
unas pesadillas sobre mi madre que me atormentaban. En
la fonda, la humedad se había estancado y la atmósfera estaba hirviendo, de manera que salí al aire libre a esperar a
que se hiciera la hora de ir a trabajar. Miraba la calle y respiraba hondo para sosegar el corazón aún agitado por las
pesadillas. De repente, timbres y gritos de *fimmine*. Mejor
dicho, de mujeres. ¡Era un enjambre de muchachas en bicicleta! La vista de ese espectáculo casi me hizo perder el
equilibrio y caer del muro. Eran al menos diez y pedalea-
ban montando un gran alboroto. La calle parecía invadida
por los chillidos de las gaviotas.

A partir de esa mañana cambié el horario del despertador. Me peinaba y salía enseguida a fumar para pavo-
nearme. Ellas pasaban puntuales a las seis y media. Tan
juntas que parecían una sola persona. Cuando intentaba
saludarlas tocaban el timbre y se reían, quizá se burlaban
de mí. No sabía qué hacer, le daba vueltas todo el día y las
llamaba el enjambre, y me preguntaba a saber dónde estará ahora el enjambre, qué estará haciendo y cómo estará
y cómo será mañana el enjambre. No era fácil distinguirlas.
Trataba de fijarme en los detalles, en el vestido de aquella
o la bicicleta de esa otra, pero pasaban demasiado deprisa
y la vista se me perdía en ellas.

Por fin, un día me animé a seguirlas. Al verme en el sillín, las muchachas callaron y pedalearon más rápido. Entonces ya no me parecieron un enjambre, sino una tor-
tuga escondiendo la cabeza en su caparazón, más duro que
una piedra. Tras dejar atrás la via Silvio Pellico, enfilaron
una bajada y llegaron a un edificio de ladrillos rojos. Amon-
tonaron las bicicletas una sobre otra y entraron en fila en
el obrador de una pastelería luciendo un delantal blanco y
un gorro en la cabeza. Para espiarlas trepé por la parte pos-
terior del edificio y me colgué de un palo de hierro como
si fuera un trapo lavado. Si me caía, era muy posible que
me rompiera el hueso del cuello. Podía verlas trabajando a
través de un agujero. Rompían huevos y separaban la clara
de la yema. Unas grandes botellas se deslizaban por una
cinta de goma y ellas las llenaban, unas de rojo y otras de
blanco. Cuando alguna abría un huevo podrido, gritaban
como si estuvieran en el estadio y se tapaban la nariz for-

mando una pinza con los dedos. Hice bailar los ojos como un gato hasta que vi a Maddalena en el rincón. Si he de ser franco, la encontré más atractiva que todas las demás por las tetas. Es cierto que había una rubia, pero entre el pelo rubio y las tetas no hay duda posible. Respecto a ella, me parecía que las demás sonreían como bobas.

Colgado de esa manera, logré verlas a todas, una por una, y sacar mis conclusiones, que eran fundamentalmente dos. En primer lugar, tenía que moverme y comprobar si en la zona había más enjambres y si en el lugar donde vivía había, además de chabolas y obras, obradores llenos de chicas. En segundo lugar, debía intentar hablar con Maddalena, que me parecía la mejor, a pesar de ser una de las más *picciridde*, dado que tenía las mejillas pecosas y las manos pequeñas, tan rápidas como ahora. Para satisfacer la primera conclusión, me dediqué a callejear durante unos días, pero solo encontré una fábrica de cajas. Las mujeres que trabajaban en ella eran mucho mayores que yo y los calabreses decían que no estaba bien correr detrás de las más mayores, a pesar de que a esa edad te calientan, porque tienes ganas de sentirte un hombre hecho y derecho, más hecho y derecho de lo que crees ser. Pegar la hebra con Maddalena, en cambio, me parecía muy difícil. Era difícil introducirse, hacer un aparte con ella y presentarse. «Hay que esperar a que se presente la ocasión», me repetía desconsolado mientras regresaba a la chabola. Hasta ese día, en que más que un enjambre de mariposas o una bandada de gaviotas, se convirtieron en una nube de avispas, porque también el amor es algo doloroso y tiene su buen aguijón y sabe sacar su veneno.

Doce

La prueba de que en la vida no se va a ninguna parte sin algo de suerte fue mi primer encuentro con Maddalena. Una mañana en que el cielo estaba cubierto de nubes que se perseguían, pasaron dos bicicletas. En mitad de la calle, cerca de un desmonte, vi que Maddalena se paraba y bajaba del sillín. Su amiga le dijo algo y luego se marchó enseguida. Bajé de un salto y corrí a ver qué pasaba. Cuando me acerqué a ella, Maddalena me habló de usted y me dijo agitada que no había sucedido nada y que podía irme.

—Váyase, mi tío no tardará en llegar.

Al oír esas palabras me entró la risa, porque de usted se habla a los profesores y los abogados, jamás nadie se había dirigido así a mí. En cualquier caso, mientras seguía repitiendo que todo iba bien, yo ya había sacado la cámara de aire y había encontrado el agujero sin necesidad de una palangana llena de agua.

—En casa tengo parches y cola. Espérame aquí, vuelvo en un minuto —dije, y corrí como el rayo para ir a buscarlos.

Pero al regresar encontré a uno de mi edad que la estaba convenciendo de ir a trabajar con la moto. Se veía que se conocían, porque Maddalena no le hablaba de usted.

—Lárgate, yo me ocupo de esto —le dije en tono seco.

Pero el tipo, a pesar de que me había oído perfectamente, ni siquiera respondió, así que no me quedó más remedio que agarrarlo por el cuello y tirarlo al suelo.

—¡Vete, que yo me ocupo de esto! —le dije otra vez cuando se levantó cubierto de polvo—. Y no vuelvas a pasar por esta calle, que por aquí camina gente con la navaja en el bolsillo —lo intimidé sin alzar siquiera la cabeza, porque estaba concentrado en reparar la cubierta.

Aún más asustada que antes, Maddalena intentaba quitarme la rueda de la mano, pero en cinco minutos le devolví la bicicleta reparada y al final le dije:

—Me llamo Ninetto, vivo en la tercera chabola, soy albañil y tengo casi quince años.

Ella no me estrechó la mano, se limitó a responder:

—¿Y qué?

—Te lo digo porque así ahora nos conocemos y puedes tutearme, porque no me gusta hablar de usted, gracias.

Por toda respuesta, ella montó en el sillín y empujando un pedal repitió de nuevo:

—Hasta más ver.

Ni siquiera adiós, hasta más ver.

Después de que le reparara la cubierta, Maddalena empezó a saludarme y yo distinguía perfectamente su cabellera y su bicicleta Graziella en medio del enjambre. Entretanto, los días pasaban y yo estaba más flaco de lo habitual, porque el amor me cierra el estómago, como les sucede a las mujeres en las telenovelas. En todo el día solo tomaba un bocadillo a mediodía y en la obra decían que tenía el tórax de un pajarito.

En la quinta chabola me contaron que vivía en la via Galilei. Una señora me dijo que Maddalena era de Calabria y que había venido a Milán con un tío. De manera que, cuando estaba en el trabajo, mi mente buscaba cosas que hacer en común, porque son las cosas en común las que me enamoran, como, en el caso de Currado, el hecho de que su madre estuviera enferma, y en el de Antonio que tuviera un sueño irrealizable como el mío, que quería ser poeta y maestro de primaria. Pensaba que Maddalena era tan pobre como yo y que debía saber arreglárselas mejor que el menda. De esa forma, caminaba distraído en los andamios por esas fantasías. Por eslinga tenía únicamente la mano grande e invisible de Dios. Me sostenía mientras, con el cubo y las herramientas en la mano, me imaginaba el viaje de Maddalena en el tren del sol y me entraban ganas de dar una tunda a las personas que en el vagón debieron de ponerle los pies bajo la nariz, o al revisor, que seguro que caminó por encima de ella sin la menor consideración.

De tanto fumar debajo de su casa, de vez en cuando la veía asomarse a la ventana. Desde la calle le preguntaba si recordaba mi nombre y cómo iba la bicicleta. Ella me respondía sonriendo, ya no parecía enfadada. Aun así, nunca bajaba y yo acababa harto de estar plantado allí aguardando su bendición papal. Pensaba que si las cosas seguían de esa manera iba a tener que buscarme otra.

Pero un día, Evandro, justo él, me sugirió que fuera a buscarla al trabajo.

—Mientras sigas aquí como un perro guardián, no sacarás nada en claro —afirmó.

De hecho, la situación cambió. Ella empezó a llamarme por mi nombre y a tomarme en consideración, a pesar de que me hablara con cuentagotas. Cuando me hacía el encontradizo delante de la fábrica, me contaba si había abierto algún huevo podrido, y luego, poco a poco, en la via Silvio Pellico, me hablaba de lo que le gustaba y así se iluminaba. Yo con la espalda machacada de haber estado diez horas en el andamio o transportando hierro para clavarlo en el cemento armado; ella con las manos doloridas a fuerza de pelar huevos y enroscar tapones de botella. Pero éramos jóvenes, el cansancio pasaba enseguida y la piel se calentaba deprisa, incluso con el sol del atardecer. Jamás habríamos imaginado que acabaríamos debilitándonos tanto. En cualquier caso, yo me enamoraba porque Maddalena también veía las cosas que teníamos en común. Se tomaba muy en serio que estuviera tan escuchimizado y, como si fuera una madre, me traía unos pasteles de *amaretto* que robaba en casa de sus tíos. Me pedía que me los comiera, porque estaba chupado, a pesar de que, si he de ser franco, el hambre ya no era un problema. Me gustaban las pecas que tenía alrededor de su nariz bulbosa, las piernas delgadas, que contrastaban con las tetas salientes y que debían estar duritas, como me gustan a mí, que, modestamente, creo haber sido siempre un entendedor en estas cuestiones. Pedaleando a su lado me olvidaba de lo que me faltaba: los amigos, San Cono, el agua en casa, mi madre, cada vez más lejos en aquel hospicio donde jamás había entrado... Con Maddalena había entendido en mi propia piel que el maestro Vincenzo tenía razón. *Fimmina* es una palabra que

EL ÚLTIMO EN LLEGAR

vale para las vacas y las cerdas. «Mujer», en cambio, es otra cosa. Es un nombre tan hermoso que hasta forma parte de la palabra *Madonna*,[6] la Virgen, que si no fuera porque es mujer, no querrías rezarle de rodillas.

6. Se refiere a que *donna*, en italiano, significa «mujer».

Trece

Una noche fui a sacar el diario de la bolsa e intenté escribir, como el maestro me había pedido que hiciera, pero no lograba contar lo que me pasaba en el día. En cambio, escribía sobre los regalos que quería hacerle a Maddalena y calculaba el tiempo que quedaba para poder casarme con ella y dejarla embarazada.

Un sábado por la tarde, sin decir nada, fui vestido de punta en blanco y perfumado con agua de colonia a llamar a la puerta de su casa, que estaba en la via Galilei. Ella me vio desde la ventana y enseguida comprendió que quería declararme. Hacía ademanes para que me marchara, braceaba, se golpeaba en la sien con el índice para decir que estaba loco y que no quería hablar más conmigo. Pero yo llamé de todas formas a la puerta y me comporté con una educación exquisita. Su tío me echó de casa, es cierto, pero eso da igual, porque de todas maneras hice gala de una educación impecable. El muy infame, ese *fitusu*, me dijo que su sobrina era *picciridda* y que yo ni siquiera trabajaba con los libros.

—¡Pero si dentro de nada cumpliré quince años y me contratarán en una fábrica! Sobre eso puede estar tranquilo, ¡ya he ido a pedir trabajo a la Montecatini de la Bovisa, a la Alfa Romeo de Arese, a Sesto San Giovanni!

Y añadí otras para demostrar que no hablaba sin ton ni son, pero el tipo nada. Y su mujer lo mismo, es más, repetía a Maddalena:

—¡Si piensas que te voy a dar al primero que pase, eres idiota!

—¡El primer que pasa un cuerno, señora comosellameusted! ¡Me llamo Ninetto Giacalone e incluso estoy bautizado! —respondí al mismo tiempo que el tío se levantaba de la silla para llevarme a la puerta.

Fuera como fuese, a raíz de esa iniciativa fallida comprendí el verdadero carácter de Maddalena. Si, por una parte, me reñía y me decía que era un estúpido por hacer todo a mi manera: «Eres más testarudo que un mulo», repetía; por otra, me daba a entender que ese tipo no era su padre y que si pensaba que podía hacer el *duce* durante toda la vida, se equivocaba de medio a medio. En pocas palabras, a pesar de que no lo reconociera explícitamente, en sustancia me proponía: organicémonos, huyamos y no se hable más. Maddalena sabía hacerme razonar. En ocasiones me cogía las manos y me acariciaba las palmas con dos dedos mientras me explicaba cómo había que comportarse; otras veces me miraba conteniendo la risa, porque según ella soltaba sin darme siquiera cuenta unos despropósitos tan grandes como una casa. En resumen, en mi caso no es cierto que la mujer empieza a mandar cuando se casa, porque Maddalena comenzó antes. De esa forma, empecé a hacer horas extraordinarias en la obra. Me quedaba hasta que anochecía, y porque no se podía estar más. Le decía a Maddalena que estaba ahorrando para los billetes de tren, así iríamos a que nos casara don Fabrizio, el primo de mi padre, que, sin duda, pasaría por alto que éramos unos críos, dado que en San Cono muchos se habían casado a nuestra edad.

Cuando salía a tiempo, iba a recogerla al obrador y pedaleaba lentamente, porque quería conocerla cada vez más. Imaginaba que la via Silvio Pellico se alargaba como las calles de Estados Unidos, que son infinitas.

Un día, Maddalena dijo:

—Tengo que hablar contigo, Ninetto.

Paró la bicicleta y me miró a los ojos. Fruncí el ceño pensando que me iba a dejar, pero no era así. Quería hablarme de su padre, quien después de la guerra se había unido a un grupo de partisanos abruzos y a quien los negros[7] habían disparado a las piernas en el curso de una emboscada en los terribles montes de los Abruzos. La herida le había causado poco a poco una gangrena en una pierna y al final había muerto el mismo año en que había nacido Maddalena. Con la respiración entrecortada me dijo:

—Mi padre murió de política porque él era rojo y los demás eran negros ¡y tú, Ninè, no debes ser nunca ni rojo ni negro, porque, en caso contrario, no querré volver a verte! —Lloraba desesperada. Intenté sosegarla, pero ella seguía inquieta y prosiguió agitada—: No debes ir siquiera a las manifestaciones ni a las reuniones políticas, ¡porque si lo haces me moriré de pena!

7. Se refiere a los Camisas Negras, grupo radical italiano liderado por Benito Mussolini.

Entonces la abracé y me mojé la mano con sus mocos mientras le decía:

—Maddalè, yo solo sé lo de la propiedad privada porque me lo explicó el maestro Vincenzo, pero no me gusta la política, ni rojos ni negros ni blancos, además, haré lo que quieras, te lo juro por la Virgen, haré lo que quieras, pero ¡debes quererme siempre!

Entonces ella se tranquilizó un poco y compartimos un pastel. Con la boca llena le conté que la vieja del corso Buenos Aires me decía «*giuanìn pipéta*» para que no me atracara y ella por fin se rio enjugándose los ojos.

Desde que habíamos decidido escapar juntos vivíamos aguardando a que llegara el día apropiado. Había que acatar la espera, preparar todo como se hace por la noche, cuando se ponen la camisa y los pantalones bien doblados encima de la silla. Maddalena decidió cuál era el día adecuado. Paró otra vez la bicicleta y dijo que solo podríamos fugarnos después de que me hubieran contratado en una fábrica. En su opinión, su tío tenía razón en eso. «Es necesario un trabajo con un contrato, si no sería como poner el carro delante de los bueyes. Tienes que buscar y, dado que sabes escribir bien, ve por ahí a dejar cartas de presentación para que te contraten», repetía tan inflexible como un guardia. A veces corría para ir a recogerla al obrador y ella, en lugar de abrazarme, me gritaba: «¡Podrías haber ido a entregar una carta en vez de venir aquí!». Y yo regresaba a casa descontento. En un primer momento me parecía una caprichosa lunática. Después comprendí que hacía eso porque tenía más prisa que yo. Estaba hasta el gorro de vivir con esos déspotas y no veía la hora de presentarme a su madre, que vivía sola en un pueblo minúsculo sobre Cosenza, igual que mi padre vivía marginado en ese otro pueblo minúsculo que era San Cono. De esa forma, preguntaba a los conocidos en qué fábrica era mejor presentar una solicitud y muchos me sugerían direcciones, prometían que me recomendarían y que darían mis cartas. Pero a la vez decían que era inútil preocuparse, porque aún no había cumplido quince años. La ley era rígida sobre ese punto, no como la de la escolarización obligatoria, que nadie cumplía. En cualquier caso, deambulaba con la bicicleta por las industrias que habían ocupado en un abrir y cerrar de ojos los pueblos de la periferia de Milán y que hoy han desaparecido. En la Alfa Romeo de Arese leyeron mi carta, pero me dijeron: «Vuelve a pasar». Tres veces. Vuelve a pasar, vuelve a pasar, vuelve a pasar. A la cuarta me obstiné de tal manera que me permitieron hablar con el director, el señor Mantovani, un hombre de una pieza vestido con un traje cruzado, hablar fino y maneras expeditivas. Le resumí mi historia y él me dijo que quería ayudarme.

—Cuando tenga quince años puede empezar en la cadena de montaje y, en un segundo momento, trabajar como conductor de carretillas elevadoras, una figura que cada vez necesitamos más. Entretanto vaya a Milán para que le expidan el documento de soldado exento —dijo.

Por último, me preguntó qué había estudiado, porque por la carta que había escrito parecía alguien instruido.

Le contesté que si mi madre no hubiera tenido el ataque de apoplejía, habría sido maestro de primaria o, cuando menos, lo habría intentado. Entonces el señor Mantovani puso una cara como diciendo «Vaya con Ninetto Giacalone» y ordenó a un jefe de sección que me enseñara la cadena de montaje. Ya fuera por la carta o porque estuviera casado con una siciliana de San Cono, el caso es que el señor Mantovani se encariñó conmigo. El mundo es un pañuelo... De esa manera, Maddalena se convenció y, mientras pedaleábamos en primavera, comenzamos a organizar poco a poco la huida. Al final llegamos a la conclusión de que debíamos prepararla en la chabola.

—¡Pero debes aguardar la ocasión para hablar con los calabreses sin dejarles entender nada! —repetía atormentada.

Dado que el tiempo pasaba y que yo estaba hasta las narices de esperar, una tarde compré unos pollos asados y vino tinto, invité a cenar a los calabreses y les conté el plan diciéndoles que confiaba en ellos y que prefería hablarles como un adulto, sin subterfugios. Se lo dije con voz firme, propia de alguien que tiene las ideas claras y que ya es un hombre hecho y derecho. A ellos les gustó mi franqueza, dijeron que no había ningún problema y apuraron el vino tinto peor que Giuvà. El mayor, que se llamaba Oronzo, me preguntó con un hueso de pollo en la boca:

—Oye, Ninuzzo, te hago una pregunta por tu bien: ¿ya has consumido con una mujer? A ver si vas a hacer el ridículo con Maddalena.

Me enfurruñé y ellos comprendieron. Entonces Oronzo

y los otros cuatro se ofrecieron a llevarme una noche a ver a una furcia para que me pusiera al día sobre esos temas que sin embargo ya conocía, porque para ciertas cosas no sirve la escuela. No sabía mucho sobre las mujeres de la calle ni volví a visitar ninguna después de esa noche. Pensándolo bien, quizá no debería haberlo hecho. Pero las palabras de Oronzo me habían alarmado. Así que fui como quien acude a que le extirpen las anginas enfermas.

Catorce

A veces Maddalena intenta abordarme con dulzura y se sienta en una silla próxima a la mía.

—¿No me dices nada?

—¿Qué quieres que te diga?

—En ese caso hagamos unas figuritas en la ventana.

—Y me coge la mano, un gesto que a mí no solo me mejora el humor, sino también el estado de salud. Siento más calor en el cuerpo.

Otras veces me provoca y no me deja en paz. Me pide que le haga un recado detrás de otro. Que repare pequeñas cosas o que la ayude en las tareas domésticas. Yo hago un esfuerzo para responder bien y colaborar, pero reconozco que me sale como la corriente alterna. Estoy demasiado acostumbrado a rumiar solo mi desgracia. Lo único que hago de buena gana es doblar las sábanas. Ese sí que es un momento delicioso. El aroma a colada, uno enfrente del otro haciendo los mismos gestos... Tengo la impresión de estar delante de un espejo, solo que en lugar de mi cara de lerdo veo la de Maddalena.

Y, por último, están también los días en que es inevitable reñir. ¡Nos decimos unas barbaridades por auténticas memeces! Después de la pelea, ella finge que ya no existo y que no he vuelto a casa. Entra y sale, compra en el supermercado, va al curso de costura de la parroquia y visita a nuestra Lisa bonita, cosa que me da una gran envidia. En pocas palabras, me demuestra que tiene una vida que sacar adelante mientras yo puedo quedarme solo en la pecera como el pez rojo. Si la pelea tiene una segunda parte, saca enseguida la cuestión del trabajo. Me pone verde, pero la última frase siempre es la misma, pronunciada como el coronel que regaña al soldadito recién enrolado: a tres centímetros de la cara.

—Me da igual si lo encuentras o no, lo que quiero es que lo busques. ¡Al menos sal, vuelve a ver el mundo y comprende que no eres el único que siente rabia por él!

Esas palabras me producen el efecto de una fórmula mágica. Cuando las pronuncia, me apresuro a ponerme la cazadora, cojo las llaves del sótano y salgo a toda prisa. He ido a preguntar en otro par de empresas de Sesto San Giovanni, donde antes estaban la Marelli y la Falck, y ahora solo Dios sabe qué ha sucedido también allí. Solo se ven bloques de viviendas. Al menos en la Bovisa, en lugar de las fábricas se ve a los jóvenes de la universidad, es otra cosa.

Todos insisten en la historia del currículum europeo, de la red y de esas cosas endiabladas. Solo un empleado ha notado mi cara de perplejidad y me ha sugerido que me inscriba a ciertos cursos gratuitos que organiza la Región, donde enseñan a usar el ordenador. Le he dado las gracias de corazón, pero he decidido que ya no tengo ganas de aprender nada más. No hay que subirse a todos los trenes, algunos es necesario perderlos o dejarlos pasar y resignarse. Así pues, de las fábricas paso a las tiendas, pero quedan poquísimas. Los centros comerciales las han engullido y las pocas que han sobrevivido parecen moribundas. La mayoría de las veces ni siquiera entro a preguntar. Además, trabajar como dependiente en un centro comercial tampoco es fácil. O soy viejo o ellos no necesitan más gente o no tengo el diploma o a saber qué otras historias se inventan. Dado que en los bares prefieren a los jóvenes, solo me quedan los puestos del mercado, a pesar de que apenas se lo dije a Maddalena volvimos a discutir, porque ella no quiere que me dedique a eso. Dice que me enfriaré y que lo que gane nos lo gastaremos en la farmacia. En cualquier caso, he decidido que una de estas mañanas me presentaré en el punto de selección de la via Ripamonti y que si encuentro trabajo, lo aceptaré.

Hoy, sin embargo, no es un día para poner un pie en la calle. Quiero estar en casa, porque echo de menos la cárcel. Sí, hablo en serio, añoro el trullo. A Titta, a Stefano, el hedor del retrete, el colchón podrido, el agujero donde me metía a fumar... Solo ahora entiendo hasta qué punto me protegía. A pesar de que allí dentro me sentía una mierda, al menos estaba en buena compañía. En cambio, aquí fuera se ve gente que te lanza a la cara todas las ganas de vivir que, ¡puf!, se han desvanecido.

A mediodía comemos verdura hervida. Maddalena siempre la prepara los jueves. Limpia y desinfecta el intestino. Una manzana, un café hirviendo y luego, por fin, me acomodo. Ni siquiera oigo la televisión. Siento calor en el pecho y me desabrocho el suéter. Recordar es más bonito que vivir. En eso pienso mientras me abandono un poco en el respaldo.

Los últimos meses de mis catorce años fueron de fuego. El único que no había entendido nada era el tonto del tío de Maddalena. O quizá se hiciera el tonto para no pagar los impuestos, lo que confirma de nuevo que a la gente, incluso a la que grita y vocifera, en realidad le importa un comino tu suerte. Si quería dispararme algo, tenía todas las posibilidades de hacerlo. Un escopetazo con perdigones de sal no era nada del otro mundo.

Mientras pedaleábamos, hablábamos sobre los últimos detalles y yo le suplicaba que estuviera tranquila.

—El sábado los calabreses van al bar, ¡ninguno se queda en casa! —le repetía continuamente jurando una y otra vez que no le había contado a nadie nuestro plan secreto.

Cuando comuniqué el día a la banda, Oronzo dijo que podíamos ir a ver a la puta.

—Pero ¿qué pasa, nos está esperando? —pregunté.

—Tú tranquilo, que te llevamos a divertirte —respondió.

Por la calle fumaba nervioso, no acababa de creerme que estuviera por ahí con unos hombres que no conocía y que en casa apenas me dirigían la palabra. Ellos, en cambio, estaban de magnífico humor y no veían la hora de llegar. Me llevaron a la zona del cementerio Monumental. Allí había una sarta de señoras con las tetas, los muslos y todo fuera, no entendía cómo no tenían frío. Oronzo me dijo que buscara a la que más me gustaba y yo elegí una con el culo grande. Me parecía la más joven. Cuando se la señalé, Oronzo se alisó la camiseta con las manos, me cogió de un brazo y me acompañó. Creo que la señora pensó que éramos padre e hijo.

—Servicio completo, por favor, y haz bien las cosas, que está en pañales —dijo. A continuación, le entregó el dinero y luego me dio una palmada en un hombro—. Mi querido Ninetto, es un regalo de parte de todos, que os deseamos lo mejor, también a tu mujer —me dijo dándome un abrazo.

La furcia nos miró perpleja y, antes de echar a andar, añadió:

—Felicidades también de mi parte.

Por suerte lo hizo todo ella y, si he de ser franco, era una buena profesional. Me llevó a un lugar oscuro que no he podido volver a encontrar, porque en ese momento estaba distraído y me dejaba arrastrar como un carrito del supermercado. No fue bonito ni feo. Cuando lo recuerdo me vuelvo a ver inmóvil, con las nalgas frías y prisa por acabar. Tan triste como debía ser ella, quien, de hecho, no exhaló siquiera un suspiro. Solo me hizo una caricia antes de despedirnos. Nunca olvidaré sus ojos ausentes, porque eran la mortificación de su trabajo. Igual que la piel quemada es la del jornalero.

Sentí volver con los calabreses con cara poco alegre. Ellos esperaban verme llegar tan ligero como una pluma, pero no me sentía así para nada. Pasé la noche secuestrado por la banda, tan silenciosa en la chabola como bulliciosa y pendenciera fuera, además de derrochadora con las fulanas. Después del sexo quisieron seguir festejándome y fuimos a beber cerveza a un local próximo al viale Zara, que es otra de las calles ocupadas por busconas. Allí quisieron hacer el bis y pelearon con un grupo de sicilianos que estaba haciendo cola desde hacía más tiempo. «Seguro que esta noche acabo pegándome con los sicilianos y, por si fuera poco, del lado de los calabreses», me decía, y empujaba la navaja hacia el fondo del bolsillo, porque sin duda allí había gente que sabía utilizarla mejor que yo, que solo la había abierto una vez en San Cono. Por suerte, las aguas se calmaron. No imaginaba que por la noche se produjeran tantas peleas entre bandas de las distintas regiones. La verdad es que no sabía nada del mundo. Era muy fácil engañarme.

Esa fue mi despedida de soltero. Luego llegó el día fijado y la noche de antes volví a comprar pollo asado y vino tinto para repasar con los calabreses el plan de evacuación de la chabola.

—A la una y media salís dejando todo limpio y en orden.

—A sus órdenes —respondió Evandro.

Dado que no había que llamar la atención, me vestí como si fuera un día cualquiera, en lugar del más importante de mi vida. Me senté en el habitual muro bajo a mirar la via Silvio Pellico, por la que, según lo planeado, debía aparecer Maddalena. Ella había dicho en casa que quería salir con sus amigas, pero su tío era duro como una piedra, más calabrés que todos los calabreses juntos. Entonces ella se inventó que en el obrador le habían pedido que hiciera horas extraordinarias, aunque fuera sábado por la tarde, y, como era de esperar, el tío no rechistó. Cristina, su amiga, fue a recogerla y después regresaron dando la vuelta larga. A las dos y cuarto en punto vi aparecer a Maddalena en el sillín de su Graziella, tan tiesa como un huso y con la mirada segura de lo que estaba haciendo. Cuando entramos, dijo que Cristina iba a ir a avisar a la señora Lenuccia, una vieja muy avispada con una crin de canas en la cabeza que parecía algodón de azúcar. Esa vieja era mejor que un megáfono. Con ella cualquier secreto se convertía enseguida en un secreto a voces.

Las horas que pasamos juntos fueron la prueba probada de que la vida es cómica, extraña y cornuda. A nosotros, que nunca nos bastaba el tiempo y que habríamos dado saltos mortales para robar diez minutos, justo a nosotros nos sucedió que estando allí dentro solos no encontrábamos palabras ni hambre ni deseos. Solo nos mirábamos a los ojos cogidos de la mano. Ella reía y lloraba un poco. No dejaba de repetirme:

—Serás bueno conmigo, ¿verdad?

Cuando comprendí que tenía palpitaciones por miedo a que pudiera forzarla, pensé que habíamos malgastado el dinero con la furcia. Me acerqué a su cara pecosa.

—Maddalè, mira que no quiero nada. No soy un animal —dije.

Así se tranquilizó por fin, le entró un poco de apetito y por primera vez nos sentamos a la mesa uno enfrente del otro. Comió de buena gana la *pizza* y luego la tarta, que era una señora tarta, con bizcocho y marrasquino.

Cuando nos asomamos a la ventana, el tío no me miraba

enfurruñado, porque en el fondo era lo que quería. Solo la tía seguía gritando:

—¡A ver quién os casa ahora, si ni siquiera tenéis la edad! —seguía lamentándose.

Hasta que, más descarado de lo habitual, le respondí:

—¡Tranquilícese, señora comosellameusted, tenemos cabeza y cerebro y ya hemos pensado en todo! ¡El primo de mi padre es sacerdote y cuando vayamos a darle la noticia nos casará sin rechistar, porque en San Cono somos rápidos y nada pejigueros!

Los calabreses aplaudieron y también los *picciriddi* de las demás chabolas. La señora Lenuccia se felicitaba en dialecto milanés: «Así se hace, *napulì*, con la *fuitina* se ahorra» y era dulce y amable. La única que nos llamaba *napulì* sin ofender. De hecho, después de ir a ver a nuestras maltrechas familias, nos instalamos en su fonda vacía. En la chabola número cuatro.

Quince

Lo bueno de la escapada no fueron sobre todo las horas que pasamos en la chabola. Lo bueno fue el viaje en sentido contrario que hicimos en el tren del sol. Por lo demás, *fuitina* en dialecto significaba «pequeña huida» y la nuestra había sido eso. Una pequeña fuga para regresar a nuestras casas y enseñarnos el uno al otro quién nos había traído al mundo, los pueblos que nos habían obligado a poner pies en polvorosa y las calles por las que habíamos correteado cuando éramos niños.

El tren que baja no se parece en nada al que sube. Es otra cosa. Los vagones vacíos hablan por sí solos, dicen que el pueblo adonde nos dirigimos también lo está. Vacío de trabajo, de cosas que hacer, vacío incluso de las personas que piensas encontrar y que, en cambio, se han marchado de él.

Maddalena tenía miedo de viajar de noche y yo la abrazaba con la excusa de sosegarla. Antes de dormirnos hablamos de nuestros pueblos y, jugando, le asignaba tareas. Le decía: «Describe a tu madre, a tu pueblo y al colegio donde ibas». Luego ella me hacía las mismas preguntas y así nos divertíamos. Recuerdo que pasó también un señor con el carrito del bar y Maddalena me dijo que no me gastara el dinero, una frase propia de una mujer como se debe. Antes de cerrar los ojos le conté cómo había sido el viaje con Giuvà y cuánta agua había corrido bajo el puente desde ese día... Giorgio y Mena, Mario y Carletto, la gorda, Maria Rosa Tetasbonitas, Antonio, Currado... Es imposible saber con exactitud a quién te vas a encontrar y a quién vas a perder, qué casa y qué fábrica te ha asignado Dios.

El larguísimo viaje fue tan breve como una pedalada en la via Silvio Pellico, pero no es sorprendente, porque cuando amas es así. El tiempo no basta y el corazón patalea como un caballo. Es él el que hace correr las manecillas del reloj y distribuye entusiasmo hasta en los dedos pequeños de los pies.

Después del tren cogimos un coche de línea que atravesaba pueblos y aldeas. Maddalena contemplaba admirada el paisaje por la ventanilla, porque Sicilia es la región más bonita de Italia, hasta tal punto que los estadounidenses se la querían quedar después de la Segunda Guerra Mundial y ahí fue de verdad la mano de Dios la que se lo impidió.

Mi padre me había dicho que vendría a recogernos a la parada. Mentira. A esas alturas vivía ya en el bar y los demás le importaban un carajo. Solo pasaba por casa para cambiarse y dormir. Caminé por el pueblo con la cabeza gacha y con la gorra encasquetada hasta los ojos. No me gusta que la gente me pare por la calle y me acribille a preguntas de circunstancias. Solo es una pérdida de tiempo. En la vida de una persona estás o no estás. Y si no estás es mejor saludarse con la mano y seguir por tu camino.

Mi padre Rosario ni siquiera estaba en casa. Le dije a Maddalena que me esperara sentada en la maleta. Lo encontré en el bar Italia jugando a las cartas con dos desconocidos. Estaba tan concentrado en la partida que me abrazó aturdido y dijo:

—Nos vemos enseguida, perdóname, hijo mío.

«Hijo mío, una mierda», habría querido responderle. Regresó al cabo de una hora fingiendo que venía corriendo. Antes de abrazarme saludó a Maddalena y le dijo a modo de broma que entre el padre y el hijo el más guapo era él.

La casa estaba como yo la había dejado: sucia y patas arriba. Con la mesa llena de migas y él, disculpándose, las barría tirándolas al suelo con las manos. El gato ya no me salió al encuentro con el rabo erguido como cuando le daba las anchoas, sino que se quedó bajo la mesa lleno de legañas.

Mientras trataba de ordenar torpemente la casa, observé a Rosario Giacalone y comprendí que seguía siendo mi padre, pero lejos. Lejos desde hacía muchos años. Al verme reaparecer hecho todo un hombre con una esposa cogida del brazo, solo veía cómo estaba enfilando un camino donde no volveríamos a encontrarnos. Ya no eran tiempos de cinturón, de gritos, de órdenes. Tampoco de vueltas con el motocarro o de pedaladas en la barra de la bicicleta. Para llenar el agujero que excava la lejanía hay que saber hablar, escribir, compartir los sentimientos, pero ese no era el caso de Rosario Giacalone. Él nunca había sabido desenvolverse con las palabras; es más, si algo podía comprenderse con los gestos, mejor que mejor. De esa forma, las ganas de escapar eran idénticas a las del invierno de 1959, si bien la causa ya no eran las anchoas, sino la alienación.

MARCO BALZANO

Hablamos de la boda y mi padre nos confirmó de forma expeditiva que su primo don Fabrizio nos casaría sin el menor problema. La cuestión de la edad era una tontería.

—¡Eso es una majadería! —dijo riendo—. Voy enseguida a preguntarle el lugar y la hora.

Cuando volvimos a quedarnos solos y, a pesar de lo cansada y confusa que estaba, Maddalena se puso a limpiar el suelo y la cocina diciéndome que no me preocupara, que mi padre había comprendido, «Para uno que padece esos dolores ya es mucho que no caiga al suelo muerto de dolor».

Al regresar de la parroquia, mi padre nos dijo que don Fabrizio se había desdicho. Éramos demasiado jóvenes y se negaba a casarnos. Estaba hecho un basilisco y parecía el mismo que daba puñetazos y cabezazos a la mesa cuando el doctor Cucchi salía de la habitación. No podía enfadarme, porque gritaba y anticipaba las maldiciones que debería haber soltado yo, que había viajado hasta allí con Maddalena desde Milán. Gritaba y vociferaba, hasta que al final dijo que iba a volver a salir para arreglarlo todo.

—No os preocupéis, por la Virgen que lo voy a resolver todo. —Y cerró con tal violencia la puerta que casi la desquició.

Nos miramos a los ojos y Maddalena ya no tuvo más fuerzas para limpiar la casa ni para pedir un vaso de agua ni para ir a cambiarse el vestido, que se le pegaba ya al cuerpo. Nos quedamos sentados en las sillas, petrificados y mudos. Ni siquiera era capaz de abrazarla. La vergüenza que sentía por mi casa y por mi familia me devoraban.

Mi padre no volvió hasta última hora de la tarde y no pareció darse cuenta de que éramos dos cadáveres ambulantes.

—Ya lo he solucionado todo. Don Fabrizio os casará mañana por la mañana —dijo—, pero pronto —añadió en voz baja.

—¿A qué hora, papá?

—Pronto —repitió él mirando por la ventana.

—Sí, pero ¿a qué hora?

—A las cuatro y media.

¡Me casé a las cuatro y media de la mañana! ¡Una hora propia de ladrones profesionales! Hasta tal punto que el recuerdo es confuso, porque, además de nerviosos, estábamos medio dormidos, de manera que las firmas en el registro nos salieron torcidas. Mi padre había ido a buscar a dos personas poco recomendables de San Cono, que lo habían seguido hasta la parroquia. Estos habían agarrado a don Fabrizio por el cuello y le habían dicho que si tenía prisa por reunirse con Jesucristo, ellos estaban dispuestos a echarle una mano. Al principio, el curita se había agitado como una gallina tratando de pedir ayuda, pero los tipos le habían tapado la boca y le habían dicho que la situación era la que era y que le convenía rematarla lo antes posible. Luego se habían quedado a dormir con él por la noche para ofrecerle un poco de compañía necesaria e impedir que cambiara de idea. A las cuatro en punto nos presentamos allí. Ninetto Giacalone y Maddalena Reggina, de quince años, intachables y honrados ciudadanos italianos, tratados como un par de bandidos. Casados en la sacristía en una ceremonia que ni siquiera duró tres minutos, mientras, a pesar del frío que hacía en la iglesia, don Fabrizio sudaba por el miedo a recibir una buena tunda.

Cuando salimos de la iglesia, mi padre quiso llevarnos a desayunar al bar Torino, y ese fue el banquete nupcial. Bollos y bollos *maritozzi* calientes con leche y chocolate. Maddalena, mi padre, yo y las dos almas perdidas. En tanto que comíamos, él nos miraba con el cigarrillo encendido y callaba, porque mi padre siempre estaba callado, las emociones no iban con él.

Mientras regresábamos a casa, asomó por fin un rayo de sol en el cielo y recuerdo que le pregunté:

—¿Sientes haber reñido con tu primo, papá?

—No —me contestó—. A estas alturas, la gente me importa un bledo.

Dieciséis

Sé que no soy poeta y que nunca lo seré, dado que ya tengo cincuenta y siete años y me siento viejo. A veces, mientras *travagghiavo* o caminaba por la calle, se me ocurría alguna palabra bonita y me parecía que era una poesía, pero quién sabe. En cualquier caso, me gusta tanto la luna como a los poetas. Aún me sé de memoria el canto de Giacomo Leopardi que festeja el cumpleaños mirándola desde una colina. Me pongo a seguirla cuando aún está lejos en el cielo. Miro cómo se va encendiendo poco a poco, como una de esas bombillas de bajo consumo eléctrico. Ella se ilumina y el cielo se apaga.

También en San Cono, Maddalena y yo mirábamos la luna sentados en la acera. Húmeda y velada, aparecía por encima del campanario y luego pasaba al tejado de pizarra de la casa del sastre hasta que se paraba justo encima de nuestras cabezas. Nos quedábamos fuera a mordisquear pan con tomate y a ir de un extremo a otro de la via Archimede. El silencio del pueblo y el blanco que manchaba las paredes eran mejores que muchas palabras.

Con mi padre fueron unos días vacíos. Después de la boda clandestina queríamos marcharnos. Claro que no podía hacerlo sin haber saludado antes a mi madre y al supremo Vincenzo Di Cosimo, el vecino de enfrente de la familia Giacalone.

Maddalena siempre ha sido una bromista, de manera que cuando le dije: «¿Llamamos juntos al maestro Vincenzo?», aceptó enseguida, porque ya lo apreciaba de tanto oír hablar de él. Él se asomó al tercer grito y yo hice las presentaciones de un balcón a otro.

—¡Maestro, le presento a mi mujer, Maddalena; Maddalena, te presento a mi maestro, Vincenzo Di Cosimo!

Él abrió los ojos, maravillado, y estuvo un rato mirando mi cara cambiada. Luego nos pidió que fuéramos a visitarlo con un ademán de la mano.

Estaba igual que cuando le había saltado al cuello para demostrarle mi afecto incondicional. Nos sentamos a su gran mesa y él nos preguntó si podía ofrecernos un café, un vaso de leche o agua a secas. Yo pedí leche, Maddalena simplemente agua, el maestro Vincenzo tomó café.

—Antes de que le contemos nada, dígame cómo están mis viejos amigos de quinto B —le pregunté impaciente.

Él me respondió que todos los que habían asistido a clase habían sacado el diploma de la escuela primaria, pero que ya no sabía muy bien dónde estaban, porque no basta con vivir en un pueblo minúsculo para seguir la vida de los demás. El maestro no comentó nada sobre nuestra edad. En cambio, dijo que lo mejor es afrontar la vida en pareja. Recuerdo que, mientras lo decía, lanzaba ojeadas a una fotografía enmarcada que estaba en la cómoda y me pregunté quién sería la joven que miraba, si estaba viva o muerta, cerca o lejos.

Con el maestro Vincenzo no me fallaba la palabra. Al contrario, los pensamientos y las historias se agolpaban en mi cabeza, de manera que necesitaba órdenes y tareas para exponerlos bien.

—Cuéntame todo desde el principio, desde que te apeaste del tren —me dijo como si aún estuviera sentado en el pupitre—, las casas donde has vivido, los trabajos que has hecho, los amigos que has conocido.

Gracias a esas instrucciones fui rápido y pude hablarle de todo: de la colmena, de la fonda, de la chabola, de la gorda, de la obra, de Antonio, Currado y «de ninguno más», terminé abriendo las manos, «porque los amigos, querido maestro, no son mi punto fuerte, al contrario de lo que le sucede a Maddalena». Concentrado como estaba en mi relato, me olvidaba de limpiarme el bigote blanco que me dejaba la leche y era bonito que mi mujer se ocupara de eso.

Al final del resumen respiré hondo y apuré el vaso. Esperaba que preguntara cómo iba la escritura del diario, pero no lo hizo. Puede que hubiera comprendido que no había escrito nada o que, cuando se regala un diario, este se convierte en algo íntimo como las bragas, así que no es de buena educación entrometerse. En cambio, preguntó a Maddalena dónde había nacido y hasta qué curso había ido al colegio. Al enterarse de que había terminado quinto de primaria se alegró mucho. Después le explicó que Calabria no solo es una tierra árida y pobre, sino que además en ella nacieron personajes tan importantes como Pitágoras, el del teorema, y Tommaso Campanella, un poeta que había sufrido mucho en la vida, pero que soportó todo con la cabeza bien alta. El maestro nos explicó que el tal señor Campanella era hijo de un zapatero remendón y que era tan pobre que no podía ir al colegio, pero, dado que además era alguien que nunca se desanimaba, ni siquiera cuando estaba con el agua al cuello, seguía las lecciones del maestro por la ventana y desde allí aprendió un montón de cosas. Maddalena y yo escuchamos arrobados la historia, luego llegó la hora de marcharnos y mi amigo nos regaló otra barrita de chocolate y un libro de poesía de la antigua Grecia con unas ilustraciones de la naturaleza donde el hombre parece minúsculo y el mar y las montañas inmensos. No sé cuántas veces las he leído. También Maddalena se las sabe, porque durante el viaje de regreso le recité de la primera a la última.

Salimos de casa del maestro cargados de energía y de bonitas esperanzas, y hasta el pueblo parecía menos feo, porque ese hombre te animaba a no rendirte nunca, igual que el señor Campanella.

Mi padre no estaba cuando volvimos a casa. Me senté a la mesa a fumar y, al ver el desastre que había en la sala, la euforia que me había transmitido el maestro se evaporó en un santiamén. Miraba alrededor y sentía que nada me pertenecía. Allí dentro ya no encontraba nada que fuera mío. Por primera vez estaba en San Cono y sentía deseos de volver a casa. Una habitación mugrienta en una chabola en medio de la tierra desnuda de los arrabales de Milán. Una habitación alquilada a una vieja milanesa. En eso pensaba ya cuando decía «casa».

Diecisiete

Ayer pedaladas inútiles alrededor de Greco y Bicocca. Recordaba que en esa zona solo había campos y ahora me encuentro con hileras de edificios de cartón piedra. «Son departamentos de la universidad», me explicó un transeúnte.

Tampoco encontré nada en esos barrios. Ni siquiera necesitan un lavaplatos.

Esta mañana hago un esfuerzo y vuelvo a salir. La via Melchiorre Gioia y luego la zona Garibaldi, que está llena de rascacielos nuevos. Es impresionante. Torres de cristal altísimas, algunas torcidas o formando figuras extrañas, otras con antenas con luces parpadeantes en lo alto para que los helicópteros no se estrellen contra ellos. A fuerza de estar con la nariz apuntando hacia arriba me entran ganas de ver cómo es por dentro un rascacielos, así que abro otra puerta de cristal. Un salón inmenso, un suelo brillante, un silencio frío. El ascensor es lo único que se mueve. Me dirijo hacia el único hombre que veo. Está detrás de un mostrador lacado y me mira mientras me acerco a él. Le pregunto si necesitan empleados y él, sin la menor fantasía, me responde que le deje el currículum.

—¿En formato europeo? —pregunto retórico.

—Sería preferible.

El hombre en cuestión tiene cara de buena persona y no me parece ocupado. Así que respiro por la nariz, me acodo en el mostrador, me aseguro de que no haya nadie detrás de mí y alargo el cuello hacia delante.

—Perdona, ¿puedo pedirte un favor?

—Claro —responde él siempre amable.

—Todos me piden ese currículum, pero nadie me explica cómo escribirlo. Me dicen que entre en la red, pero no sé hacerlo. ¿Me enseñas?

Él me analiza con la mirada y, en mi opinión, saca una conclusión acertada, es decir, piensa que soy un parado ignorante. Tan ignorante que no sé lo que es la red, como, de hecho, no lo sé. Asiente con la cabeza, imprime dos folios del ordenador y me dice que los lea y los rellene. Entonces me juego el todo por el todo y le pregunto si puedo escribir en un rincón, de forma que luego él pueda corregirme. La cara bondadosa me mira y, señalándome un sillón, contesta:

—No hay problema.

Lo mismo decía el sabio Titta, que vivía de soluciones, no de problemas.

Los DATOS PERSONALES son fáciles. Lo difícil viene en los siguientes puntos y yo me las arreglo así:

EXPERIENCIA LABORAL: *campesino en San Cono, recadero en una lavandería de Milán que ya no existe, albañil en varias obras, empleado en Alfa Romeo durante treinta y dos años, sede de Arese. Función específica: encargado del torno automático (cuatro años) y conductor de carretillas elevadoras (veintiocho años).*

ESTUDIOS Y FORMACIÓN: *tercero de secundaria. Nota: notable alto.*

IDIOMAS EXTRANJEROS: —

Mucho más complicado es el capítulo «competencias». Siento la tentación de levantar la mano para pedir ayuda, pero me exprimo el cerebro, porque quiero acabar de hacerlo solo.

CAPACIDADES Y COMPETENCIAS RELACIONALES: vivir y trabajar con otras personas en un ambiente multicultural ocupando puestos en los que la comunicación es importante y en situaciones en las que es esencial trabajar en equipo, etc.: *me gusta estar rodeado de gente que trabaja conmigo, es obvio. En las obras y en Alfa Romeo estábamos siempre en grupo y echaba una mano cuando era necesario. En la actualidad aún sabría trabajar con otros, pero con la edad me he vuelto más solitario, así que preferiría, si es posible, hacerlo solo. Soy una persona silenciosa, concentrada y reflexiva.*

CAPACIDADES Y COMPETENCIAS ORGANIZATIVAS: por ejemplo, coordinación y administración de personas, proyectos y balances: *soy puntual y preciso, eso sí, pero jamás me han acostumbrado a coordinar y administrar, dado que llegué a Milán tras haber cursado hasta cuarto de primaria y finalicé tercero de secundaria en la escuela nocturna de Alfa Romeo. En cuanto a realizar proyectos y balances, creo que podría ser capaz, porque los proyectos son como soñar con los ojos abiertos y los balances se hacen cada noche cuando se apaga la luz de la mesilla y uno piensa en cómo ha ido el día.*

CAPACIDADES Y COMPETENCIAS TÉCNICAS: uso del ordenador, de equipos específicos, máquinas, etc.: *si me enseñan, aprendo, pero el ordenador no, ha aparecido en mi vida a una edad en la que ya no tengo más ganas de perfeccionar lo que sé ni tampoco de empezar desde cero.*

CAPACIDADES Y COMPETENCIAS ARTÍSTICAS: música, escritura, dibujo, etc.: *hace mucho tiempo sabía tocar la guitarra. Me gustan las novelas y aún más la poesía, que, por desgracia, no sé escribir. Mi poeta preferido es Giovanni Pascoli. Cuando estaba afiliado al sindicato y acudía a clase, leía también libros de historia, política y geografía; ahora, en cambio, prefiero las novelas breves.*

PERMISO O PERMISOS: *nunca he tenido coche. Sé ir en bicicleta y en moto.*

El señor lo lee y por los movimientos de la cara pienso que está conteniendo la risa o tratando de no llevarse las manos a la cabeza. En cambio, después de leer la última línea, levanta la cabeza y dice convencido:

—Muy original, yo lo dejaría así.

Sin decir nada, teclea mis palabras en el ordenador, imprime unas veinte copias y me pide que las firme con un bolígrafo. Solo tiene sobres con membrete, si no, dice que me los regalaría.

—No he puesto que he estado en la cárcel —le confieso mirándome los pies.

Pero el tipo debe de ser Jesucristo con chaqueta y corbata, porque no se escandaliza para nada ni juzga con la mirada, sino que se limita a decir:

—De hecho, eso no se pregunta en ningún punto.

Entonces lo miro con unos ojos que no puedo por menos que definir enamorados y suelto esta frase:

—Si quieres venir a cenar una noche con tu mujer, me encantaría. Maddalena es una cocinera estupenda y seguro que se alegraría.

—No tengo mujer, sino un compañero —me contesta cándidamente la Cara de la Bondad.

—¿Un compañero en qué sentido?

—En el sentido de que estoy con un hombre. Se llama Pietro.

El instante de silencio que sigue muestra mi desconcierto, pero trato de salir del paso y prosigo con entusiasmo:

—¿Y qué? ¡Ven con Pietro! ¡Ven con quien quieras! —respondo, pero no con la misma paz interior que manifiesta él, que, por lo demás, dado que quizá sea Jesucristo en la Tierra en cuestión de tolerancia, es sin duda más práctico que el menda.

Le dejo una fotocopia del currículum para las oficinas del rascacielos confirmándole que tampoco me importaría limpiar las escaleras.

—Quizá no todas yo solo, porque son sesenta pisos...

Y él sonríe asintiendo con la cabeza. Acto seguido, le repito que no se preocupe, que venga con Pietro incluso sin avisar.

—A fin de cuentas, siempre estamos en casa. Maddalena mira la televisión y yo fumo en la ventana.

Al final me doy cuenta de que no me he presentado y le tiendo la mano.

—Encantado, soy Ninetto. Gracias de nuevo.

—Me llamo Paolo.

Orgulloso de mi currículum en formato europeo, distribuyo dieciocho folios en una mañana. En las tiendas del centro comercial, en una empresa de limpieza, en otros rascacielos con las puertas de cristal. Luego voy a una papelería a hacer más fotocopias y por fin me apoyo en una pared para fumarme un cigarrillo más que merecido. A la una siento hambre y entro en una pizzería donde venden comida para llevar. En ella trabajan dos africanos. Uno saca las *pizzas* del horno con maestría mientras el otro recibe los encargos por teléfono. Pido una porción de margarita y un botellín de agua y me pongo a comer sentado en un taburete con los codos apoyados en la encimera. A mi lado, una parejita come concentrada para que no se les caiga el condimento de la porción caliente. Mientras mastico, espío a los africanos que trabajan. Un ir y venir de gente, el teléfono que suena sin cesar, las bandejas que chisporrotean una tras otra encima del mármol... No como en la pizzería que hay enfrente de nuestra casa, donde entra uno de vez en cuando y las mesas nunca están llenas. Aguardo a que el negro de la caja se libere un momento y, sin dejar de mirar tras de mí, le pregunto:

—¿Hacéis entregas a domicilio?

—Por supuesto.

—¿Necesitáis a alguien que os lleve las *pizzas*?

—¿Sabes ir en moto?

Asiento con la cabeza.

—Puedo dejaros mi currículum, está en formato europeo —digo con cierta autoestima.

—¿Qué quieres dejarme?

—¡El currículum!

—¿El currículum? No, no, escríbeme el nombre y el número de teléfono en este papel y luego te llamaré para decirte los turnos de la semana. ¿Estás también disponible el sábado y el domingo?

Me explica que trabajan con tres recaderos, dos jóvenes universitarios y su primo.

—Pero de vez en cuando necesitamos otro. ¿Conoces las calles de por aquí? —me pregunta haciendo que me dé vueltas la cabeza.

—Casi todas —respondo sin que él pueda entender el grumo de vida que hay en el interior de mi «casi todas».

Maddalena se opone enseguida. De eso nada. Pero yo comienzo esa misma noche y la sensación inmediata es la de estar viviendo en una película donde el protagonista es alguien que nunca avanza. Cambia la ciudad, cambian los habitantes, cambian las maneras, pero él no. En la juventud y en la vejez hace lo mismo: va de un lado a otro entregando mercancía. Él intenta cambiar de vida, pero esta, ya sea por un sortilegio o porque él comete siempre los mismos errores, permanece parada e idéntica a sí misma. No sé decir a ciencia cierta de dónde procede la infelicidad que me obstruye un poco la garganta mientras pedorreo con la moto de Non solo pizza por Porta Garibaldi, Isola y la piazza della Repubblica. Puede que porque trabajo para extracomunitarios, que, en cualquier caso, me pagan diez euros a la hora, más que un *call center* o que una empresa de limpieza, y además son educados conmigo, me han dado trabajo sin pedirme siquiera el currículum y sin pedir un anticipo como la explotadora de la gorda. Puede que sea por el olor a leña y a humedad que me impregna la cazadora. O puede que sea el remordimiento de que podría vivir mejor. No es cierto que la buena voluntad sea suficiente para pasar página y volver a empezar. Si quieres una vida en la que te levantas contento por la mañana, no debes romperla ni desperdiciarla nunca. Sea como sea, qué más da que la conciencia refunfuñe, cuando no la soporto, trabajo con energía y piso con fuerza el acelerador, doy gas a la moto y, de una forma u otra, acallo la mente.

Karim y Magdy me mandan a entregar incluso un solo bocadillo. No se arredran frente a nada. La otra noche encendieron de nuevo el horno de leña para hacer una margarita a un señor que entró a las once y pico con el pelo empapado por la lluvia. A veces cenamos juntos al final de la noche, así, en la encimera pegada a la pared. Ninguno bebe alcohol: ellos porque son musulmanes y yo porque soy abstemio. Apuramos contentos varias botellas de agua con gas. Magdy me ha contado que, por primera vez en seis años, este verano piensa cerrar el local durante diez días para ir a Egipto.

—Compro trescientos kilos de trigo, allí cuesta menos y es bueno. Además, mi padre me ha encontrado una esposa.

—Ah, ¿sí? ¿Y ya sabes si te gusta?

Él asiente convencido con la cabeza y yo repito su gesto y los tres brindamos con el agua.

Cuando llamo al telefonillo, la gente baja en zapatillas y se asoma a la puerta para recoger la caja de cartón caliente. Los padres de los *picciriddi* y los viejecitos me preguntan si puedo subir a sus casas. He de decir que no se asombran tanto de ver a un señor con el pelo cano haciendo este trabajo. La crisis debe de haberles abierto la mente. Cuando me ponen varias monedas en la mano nunca miro, me las meto enseguida en el bolsillo. Me basta el tacto para comprender si son monedas ligeras, níqueles que no valen nada y que únicamente sirven para hacer el gesto de la propina.

«¡*Pizza*!» y «Gracias, buena *pizza*» son las únicas palabras que pronuncio durante el trabajo. Al regresar a casa encuentro siempre a Maddalena despierta o dormitando en el sofá con la televisión encendida. Me pregunta si quiero tomar algo caliente y yo le contesto que no para no molestarla. Vacío en la mesa la riñonera con las propinas y le doy mis treinta o treinta y cinco euros, de los que quito cuatro para el paquete de cigarrillos. Me llaman tres noches a la semana, así que logro reunir unos cien euros. Sumados a su pensión de bedela no está mal, casi llegamos a mil. Cuando recibamos mi pensión, ya no tendremos más problemas.

En cualquier caso, Maddalena no está nada contenta, teme que me constipe. Y he de decir que no se equivoca, porque en la moto se pasa mucho frío. La nariz siempre me gotea y si no me pongo las orejeras, me entra dolor de cabeza. Aunque, pensándolo bien, una cosa sí ha cambiado:

dado que mi mujer me ha hecho un bonito par de guantes, ya no tengo las manos rojas y agrietadas como cuando correteaba con la bicicleta. Puede que no sea una diferencia desdeñable.

Dieciocho

Me retracto. No es que quisiera pasarme la vida haciendo entregas, pero me habría gustado continuar varios meses más. En cambio, hoy me ha llamado Magdy y, en lugar de comunicarme los turnos de la próxima semana, me ha explicado que acaba de llegar a Italia otro de sus parientes y que deben hacerlo *travagghiare*. Me dice que si quiero ir a preguntar a otra pizzería de los Navigli, puede llamar para recomendarme. Nos despedimos como si nos fuéramos a volver a ver, pero los dos sabemos que no es así.

Maddalena se alegra al oír la noticia.

—¡Menos mal! —exclama—. ¡Al menos dejarás de consumir pañuelos y se te curará esa tos de perro que tienes!

Y pone a hervir agua para que haga inhalaciones con bicarbonato. Por la tarde, el constipado parece haber pasado ya, pero creo que con él se me han ido también las ganas de buscar trabajo. Es un esfuerzo inútil y siento que mi sistema nervioso ya no lo resiste. Es evidente que la verdadera pena se expía fuera de la cárcel.

Como me siento inquieto y no logro siquiera estar en la ventana, me dedico a ir de un lado a otro del pasillo con las manos a la espalda. Arriba y abajo, arriba y abajo, arriba y abajo. Durante más de una hora. Hasta que me siento aturdido y mareado.

—¡Para ya! ¡Vivir así es un infierno! —estalla de repente Maddalena.

—¿Acaso preferías cuando estaba en la cárcel? Sé sincera, ¿estarías mejor si me muriera? —le pregunto para provocarla—. ¿Quieres que vivamos separados para que puedas ver a tu hija y a tu nieta?

Pero Maddalena no muerde el anzuelo, no es fácil reñir con ella, llevarla a donde quiero que vaya. Esa mujer es un pez libre. Puedes nadar a su lado, pero no decirle adónde ir. Así que primero me vuelve a gritar que soy insoportable y después se acerca a mí hasta tal punto que puedo sentir su aliento y me dice muy severa:

—A mi hija y a mi nieta las veo aunque no nos separemos. ¡Y siempre las veré!

Esas palabras me paralizan y nos quedamos en el pasillo uno frente a otro, como dos soldados enemigos que se desafían de repente en un duelo. Al ver que no me muevo, empieza a pisarme los pies y a empujarme hacia la puerta. Le dejo que lo haga, reconozco que tengo que contener un poco la risa, pero ella va en serio y sigue tratando de echarme como si fuera un ratón y quisiera ahuyentarme golpeándome con una escoba. Coge la chaqueta del perchero, me pone la gorra, me lanza la bufanda al cuello y me echa de casa. Solo vuelve a abrir la puerta para tirarme el libro que he dejado en el sofá.

—Hace un sol espléndido, ve a tomar un café al bar de

los chinos o a un parque a leer. ¡Si vuelves antes de comer, no te abriré! —Y cierra dando un portazo y luego da dos vueltas a la llave.

Me quedo en el rellano con la gorra mal puesta, la bufanda echada en un hombro y la chaqueta abierta. Parezco un espantapájaros. Me cruzo con la señora Rovelli, la única que me saluda, pero no puedo siquiera responderle.

De hecho, debo reconsiderar a los chinos. Son silenciosos, discretos. El café, una porquería. Sabe a arena. El local no está lo que se dice limpio y es bastante oscuro, porque han puesto una máquina tragaperras justo delante de la ventana. Pero son amables. Cuando le alargo la taza, el chico me pregunta: «¿Está bueno?». Le respondo: «Así así», haciendo el gesto con la mano, porque con las palabras no hay nada que hacer. Él pone cara de lamentarlo y entonces primero sonrío y luego insisto. Siempre con ademanes le explico que el café debe molerse fresco y aplastarlo bien. Son dos muchachos que, cuanto más los miro, más niños me parecen. Me produce ternura verlos allí solos, en un bar de la via Jugoslavia donde las cosas funcionan igual que hace tantos años en la colmena de la via Gorizia: desierto durante el día y únicamente bullicioso a la hora de entrada y salida del trabajo. Paso detrás de la barra y les ajusto el agua de la máquina, porque los muy burros la tienen a diez atmósferas. También les regulo el molinillo de café, que hace salir los granos gruesos. «Así claro que te sale quemado», repito al muchacho, «¡así claro!», y le doy unas palmadas amistosas en la nuca llena de un pelo tan liso como los espaguetis. Les preparo un café como Dios manda, con la crema de color avellana que no se rompe aunque gires la taza. Me estrechan la mano y me dan las gracias con la afabilidad que los caracteriza. La voz de ella parece el maullido de una gata. Se niegan a que les pague, pero yo les dejo un euro en la barra en cualquier caso.

Mientras camino hacia el pequeño parque, pienso en los dos jóvenes, puede que no sean realmente *picciriddi*, solo casi, la verdad es que no lo sé, porque no es fácil calcular la edad de esos hocicos amarillos, que abundan ya más que las moscas. Pienso también que ha sido bonito explicarse sin palabras. Bracear, garabatear en un papel, señalar enérgicamente aquí y allí. Sería mejor comunicarse así, porque entonces no habría malicia, malas intenciones, solo unos gestos tan claros como los de los auténticos *picciriddi*. Los chinos no saben nada de mí, de lo que he hecho, de mi historia de emigrante, puede que incluso menos dura que la de ellos, que vienen de muy lejos. Me miran sin ver lo que ya ha sido y quizá con ellos sería realmente posible volver a empezar. Sí, porque los desconocidos, lo entiendo cuando me siento en los fríos bancos de los parques, no tienen nada que perdonarte. Nada que olvidar.

A eso de la una el parque se vacía y me quedo solo. Completamente solo con el banco vacío, el carrusel, los cuervos escondidos entre las ramas de los árboles huesudos donde el viento sopla de cuando en cuando. Intento comprender si lo que me rodea es paz o solo el funeral del barrio, pero es el día de los misterios, porque no entiendo nada. Me guardo el libro en la chaqueta, es pequeño y cabe, y paseo a lo largo y a lo ancho. Si he de ser franco, no me siento tan mal como en el pasillo. El aire ayuda.

De repente siento un extraño deseo. Miro alrededor. Me acerco al columpio poco a poco. Primero lo toco con el pie, como se hace con los animales que se encuentran en la calle para comprobar si están muertos o vivos, y luego me siento en posición. Las manos en las cadenas frías, el culo en la tabla de madera. Empujo hacia delante las piernas y mi cuerpo enjuto. Me balanceo. En un primer momento despacio, luego más rápido, al final veloz y ligero. En cierto momento, el aire en la cara se transforma en viento y ya no me siento mal, porque no me siento. Soy aire sin más. Solo aire en la cara y respiración abierta.

Cuando vuelvo a casa se lo cuento a Maddalena. Ella me escruta con cara severa, luego suelta una carcajada y, mientras vuelve a la cocina, dice:

—¡Bien hecho, ayúdate, que Dios te ayuda!

Y yo, un poco más sereno, me enciendo un cigarrillo en el alféizar de la ventana.

Diecinueve

Fuimos a ver a mi madre. Dada la insistencia de mi padre
—«No vayáis hasta Catania, la saludaré yo de vuestra parte
cuando pase por allí»—, debería haber entendido que la
iba a encontrar fatal. El hospicio era un caserón revestido
con unos azulejos resquebrajados y para ir a las diferentes secciones había que cruzar unos pasillos sucios. En
los rincones había hormigas y escarabajos. Daba la impresión de estar en el infierno. En cada pasillo había montones de cristianos con una desgracia más o menos idéntica. Maddalena me apretaba el brazo repitiendo que con
el hedor a medicina sentía subir la leche del desayuno.
Vimos de todo y, cada vez que entraba en una sala y encontraba personas abandonadas en las camas deshechas
o acurrucadas en las sillas mirando fijamente las telara-
ñas, rezaba para que mi madre no estuviera allí. La en-
contramos en una especie de terraza, en una silla de rue-
das, con los brazos cruzados y calentándose las mejillas al
sol. Con ella había aparcados seis o siete residentes más,
mudos y con los ojos cerrados. Apreté con fuerza la mano
de Maddalena y se la señalé con la otra. No fue fácil despertarla de su dormitar, que viera que ya no era el *picciriddu* que lavaba en la tina, sino un hombre hecho y dere-

cho de quince años con un cigarrillo siempre en la boca y una esposa cogida del brazo.

Quizá me reconoció cuando me tocó la cara, porque para reconocer a los hijos basta uno de los cinco sentidos. Estoy seguro de que para sentir a Elisabetta en el aire a mí también me bastaría con olfatearla o palpar su cara cambiada con los dedos. Cuando me vio, se llevó las manos a la frente a modo de visera y me alejó un poco para escudriñarme mejor. Enseguida empezó a jadear. Nos miró uno al lado del otro y por fin sonrió, pero siempre sin hablar. El mutismo fue su única forma de defensa hasta el final. De la suciedad, de los médicos, de la soledad.

Mi madre no me miró como el resto del pueblo. Ella me seguía viendo igual. Diferente pero igual. Sus ojos traspasaban mi aspecto crecido y me miraban dentro, donde yo aún era el niño que había criado y donde, a la vez, me había vuelto igual que ella, porque yo también había tenido que defenderme de muchas cosas.

—Quiero saber si te tratan como se debe y si comes bien. Además, quiero saber si papá viene a verte y te trae lo que necesitas —dije recalcando las palabras como si fuera sorda.

Pero mi madre respondió a mis preguntas encogiéndose de hombros, como si pretendiera decir que no valía la pena hablar sobre esas cosas, porque, a fin de cuentas, la vida va como debe andar.

Dejé a Maddalena agachada al lado de la silla contándole cómo nos habíamos conocido y fui a buscar a los médicos. Quería saber con pelos y señales cuáles eran sus condiciones y verificar personalmente si en su taquilla había dulces y fruslerías que pudieran alegrarla. Pero la taquilla estaba cerrada con llave y era imposible dar con los médicos. Los que se veían en los pasillos no se paraban, ni siquiera si los llamaba con educación o iba tras ellos. Seguían su camino haciendo revolotear sus batas y contestaban siempre con las mismas frases de mierda: «No soy el responsable» o «No es horario de visitas». Me obligaron a moverme como una peonza durante tres cuartos de hora, a ir de una parte a otra, de una planta a otra, hasta que cogí uno al azar y, echándole las manos al cuello, lo lancé de espaldas contra las estanterías de aluminio. Era mucho más robusto que yo, pero daba igual, porque siempre vence el que tiene dentro más rabia y dolor. El largo viaje, mi descuidado padre, la boda como si fuéramos dos ladrones, mi madre abandonada: nadie podía detenerme. Escupí las palabras de un tirón:

—Ahora tú me vas a contar con pelos y señales cómo está mi madre, la señora Immacolata Consolo, habitación catorce, o me llevas enseguida a ver al médico que se ocupa de ella; o eso o te estrangulo.

Mientras lo amenazaba, pasaron dos enfermeras con el carrito de las medicinas. Abrieron los ojos como platos, pero no rechistaron. El médico me acompañó a ver a un compañero y le pidió en dialecto que me recibiera. El otro tipo, que era parco en palabras, me explicó que, en lo tocante a la salud corporal, la situación no iba a cambiar. La parte derecha se había dormido y el cerebro funcionaba y no funcionaba.

—El principal problema es combatir la depresión que padece —dijo—. De hecho, no habla a causa de la depresión —afirmó con aire sabiondo.

Pero tampoco él entendía nada, era peor que el doctor Cucchi. ¡Mi madre sabía hablar, vaya que sí! Lo que ocurría era que la habían encerrado en esa cloaca y eso no es bueno para el humor de nadie, no es necesario licenciarse o tener un diploma para saberlo. Por eso tenía los labios cosidos. He leído que algunas mujeres que luego llegaron a santas hicieron lo mismo. Cuando un hombre violento las forzaba, ellas se encerraban en un silencio y un rechazo excepcionales. Sí, porque el silencio es un montón de cosas: paz, oración, contemplación, pero también una defensa insuperable. Por si fuera poco, Immacolata Consolo, además de vivir en ese hospicio inmundo, tenía un marido que se había extraviado, más miserable que la media de los pobres miserables, y eso no ayudaba, desde luego.

—¡Me gustaría ver las ganas que tendría usted de hablar, mi querido doctor comosellame! —le respondí argumentando a mi manera, pero el tipo dijo que no tenía nada que añadir y yo me alejé por el pasillo con la cabeza gacha y el veneno en la sangre.

Agradecí a Maddalena que una noche encontrara la navaja de mi padre en los pantalones y que me obligara a tirarla a la basura delante de ella. Cuando pensaba en mi madre, sentía que me invadía un gran deseo de ser mayor y de tener ya una casa y un trabajo en una fábrica para poder traérmela a Milán, donde los médicos son diferentes y los hospicios más luminosos y limpios. Puede que con

ella más cerca no hubiera perdido el juicio el día del navajazo. Una madre siempre es un freno para su hijo. Sabe pa-
rarte el brazo antes de que asestes el golpe.

Cuando regresé a la habitación, encontré una sorpresa
realmente inesperada. ¡La Jorobadita Puntillosa le estaba dando de comer! En cuanto me vio, le pasó el plato a
Maddalena y corrió a abrazarme. A esas alturas me llegaba
ya a los hombros y me bastaba un brazo para rodearla. El
tiempo le había dulcificado la cara y le había quitado las
quejas y las cantilenas de la boca.

—Vengo casi todos los días —dijo—. Cuando ya no
pueda, vendréis a sustituirme, ¿verdad? —añadió riendo.

Fue un consuelo verlas juntas. Fue un consuelo, aunque
luego son justo los consuelos los que te joden y hacen que
te laves las manos como Poncio Pilatos. Después de comer,
la tía la peinó y la arregló. Mientras le cepillaba el pelo, nos
contó que antes de venir al hospicio iba a comprar cosas
buenas a la tienda de comestibles de Turuzzu o al mercado
de Catania, y me enseñó con orgullo la taquilla de su hermana, la más surtida de la habitación.

—Para conservar las provisiones hay que cerrarla con
candado, porque a los pacientes les vuelven locos los dulces. ¡Se convierten en unos ladronzuelos profesionales!
—exclamó la Jorobadita.

Mi madre nos invitaba con un ademán a que cogiéra-
mos algo, una galleta de almendras o habas peladas. Acep-
tamos para que estuviera contenta, a pesar de que teníamos el estómago cerrado como un puño.

Después de que la tía repitiera varias veces «Desgraciado, no has venido siquiera a saludarme», me explicó fuera de la sala cómo iban las cosas y me confirmó que mi padre estaba realmente acabado.

—Don Alfio tiene la bondad de dejarlo trabajar aún con él, sabe de sus dificultades —dijo mirando el sol que caía a plomo sobre la terraza vacía—. Me gustaría llevármela a casa —prosiguió la tía Filomena—, a fin de cuentas, también estoy sola, pero tu padre es un cabezota, no da su brazo a torcer.

Cuando traté de decirle que hablaría con él, ella se encogió de hombros igual que su hermana. Y tenía razón, porque cuando volvimos a casa no conseguí nada. Habría sido más fácil exprimir sangre de un nabo. Se inventó mil excusas y, cuando le preguntaba algo, cambiaba de tema.

—¡Basta ya! —gritó de repente—. ¡Tomé esa decisión porque es lo mejor! —Y a la vez que me ofendía daba puñetazos a la mesa y caminaba de un lado a otro hasta que volvió a vociferar—: ¡Piensa en tu mujer, que yo pensaré en la mía! —Dicho lo cual, salió dando un portazo.

Entonces le dije a Maddalena que cerrara las maletas y que fuéramos a coger de nuevo el coche de línea. No quería pasar un minuto más con ese hombre ni en esa casa repugnante.

En la estación de Catania nos dijeron que el primer tren para Calabria partía al día siguiente. Entonces llevé a Maddalena a dormir en un hotel, a pesar de que ella decía para ahorrar:

—No te preocupes, Ninè, podemos dormir bajo la luna.

En lugar de eso, pagué y nos dieron una bonita habitación con el cuarto de baño perfumado. Mi rabia se aplacó un poco al ver el mar lleno de gaviotas desde la ventana. Y el dolor incrustado en el pecho me lo alivió poco a poco Maddalena, que esa noche en la habitación del hotel me abrazó y quiso que hiciéramos el amor.

Veinte

Maddalena está hablando por teléfono con Elisabetta. Cada vez que mi hija llama, mis pensamientos se enredan y van por su cuenta. Mi humor se altera. Para no oír la conversación me gustaría ir al bar de los chinos, comprobar si el café ha mejorado o si aún es una purga, pero hace dos días que el cielo parece un pedazo de lata. Una capa de nubes grises, espesas e hinchadas cubre Milán. No apetece salir. Los parques estarán vacíos, la silla del columpio mojada, todo desierto, peor incluso que en noviembre. Podría ir a otras pizzerías africanas a preguntar si necesitan un recadero, pero si ya no tengo fuerzas para levantarme del sofá, no digamos para ir a repartir currículums o a mendigar unas cuantas horas en negro.

A fuerza de cambiar de canal, encuentro una película del Oeste que acaba de empezar. Las películas del Oeste no son aburridas. Pueden parecerlo, porque en la mayoría de los casos solo aparecen un montón de patosos con sombrero y pistola, pero si están bien hechas, ayudan a comprender que la vida es una guerra, que la ley no es igual para todos y que la pistola despierta más respeto que un abogado. La película me gusta, pero a eso de las cuatro se presenta en casa Rossi, la del séptimo piso, una señora con la que Maddalena ha entablado amistad, de manera que, con dos mujeres parloteando, adiós, paz. Pulso el botón rojo del mando a distancia y voy a la cocina a preparar el pastel de carne. En cualquier caso, el día ya ha tomado un rumbo pésimo, porque el resultado de dos horas de trabajo es una piedra quemada asediada por unas patatas ennegrecidas. Durante la cena, Maddalena dice que es mejor que mire a los pistoleros en la televisión y que deje las manos apoyadas en las rodillas. Por suerte hay higos chumbos y podemos atracarnos con ellos. Cuando ella empieza a quitar la mesa y por la ventana entra un soplo de viento, me pongo de nuevo a contemplar la via Jugoslavia.

En Catania nos despertamos al amanecer. Desayuno en el bar del hotel con un buen *maritozzo* y adiós, Sicilia. Esa vez viajábamos de día y Maddalena no estaba nerviosa, solo tenía ganas de llenarse los ojos con el paisaje, que se iba tornando gradualmente más montañoso. Sobre todo cuando cambiamos de tren en Villa San Giovanni para ir a Cosenza. El trayecto hasta el lugar donde vivía Maddalena, Spezzano della Sila, fue un trabajo digno de Hércules, hasta tal punto que casi fue mejor el viaje con el paisano Giuvà, si dejamos aparte la noche que pasamos en la estación y los paquetes de sal. Maddalena no conocía Cosenza y tardamos unas horas en encontrar el coche de línea. Yo estaba un poco inquieto, porque en los alrededores no había nada y para encontrar alojamiento había que caminar unos cuantos kilómetros. Al final logramos coger un autobús ruinoso que subía y subía y en esa subida yo me iba haciendo ya la idea que sigo teniendo, esto es, que Sicilia es mejor que Calabria y que si en Calabria nació el señor Campanella, significa que los genios nacen al azar, son semillas arrojadas por la mano de Dios, y que eso es todo. En el pueblo se percibía un sentimiento de abandono. Parecía un lugar alejado del mundo. Consistía en cuatro calles empinadas que yo atravesaba sudando, apretando las asas de las maletas, mirando embobado a las viejas que caminaban por unos callejones escarpados sin el menor esfuerzo. Observaba a Maddalena con el rabillo del ojo. Quizá ella también inclinaba la cabeza para no tener que saludar a sus paisanos.

Por fin llegamos a la via Dante, sin número. Conocí a mi suegra, mamá Giacinta. Puede que fuera porque mis padres hicieron todo de jóvenes, la boda y los hijos, el caso es que Giacinta me pareció una abuela. Sé que Maddalena es la última de cinco hijos y que, por tanto, antes de que ella naciera, la señora ya había desenhornado, pero la verdad es que me parecía una viejecita. Una mujer amable y muy amante de su casa. Solo le gustaba hablar de su marido partisano muerto y de sus tres hijos varones, que habían emigrado de Italia a Bélgica, América y Alemania.

Los padres con hijos emigrantes se vuelven más reservados cuando se quedan solos. Son conscientes de que los han dejado escapar y no tienen ánimo de echarles sermones ni de expresar su opinión ni de darles una buena tunda. Así fue en el caso de mi padre Rosario y así fue también en el de la madre de Maddalena. Decía: «¡Qué bien, qué bien que os hayáis casado!», pero eso era todo. Se metía en la cocina de buena mañana y poniéndonos el plato debajo de la nariz y limpiando la casa pensaba haber hecho todo lo posible.

Fueron unos días tranquilos. Descubrí que Maddalena estaba muy unida a su madre. Besaba a la viejecita cada cinco minutos y pasaba horas a su lado, acurrucada en una sillita mirándola mientras cosía o pelaba guisantes. Sabía contentarse con la pizca de belleza que había sobrevivido en la relación que la unía a ella. Por suerte, mi mujer tiene un carácter muy diferente al mío, que siempre ve el vaso medio vacío.

En Spezzano della Sila encontré un calor que me hacía feliz e infeliz al mismo tiempo. Feliz por Maddalena e infeliz por mi familia, que ya no podía llamarse así, dado que todos estábamos desperdigados y solos. Ya ni recordaba cuánto tiempo hacía que en la casa de San Cono no se sentía el aroma a cordero asado, a dulce caliente o a tortilla de cebolla.

Mi mujer estaba contenta conmigo y con la afabilidad que demostraba. Por la noche me decía en la cama:

—La verdad es que he sabido elegir bien el marido... No sabes bailar, no es cierto que sepas tocar la guitarra, pero nadie fuma como lo haces tú. —Y se reía echando la cabeza hacia detrás.

Una mañana, Giacinta me dijo que la llamara mamá. A mí me pareció una violencia bonita y buena, porque, cuanto más la llamaba mamá, más huérfano me sentía. Solo acepté para contentar a Maddalena, pero intenté llamarla así lo menos posible.

En el pueblo fuimos a visitar a los parientes y a varias amigas de Maddalena que vivían en la misma calle. En todas las casas se elevaba un coro alegre, «¡Entrad, vamos!», «¡Comed con nosotros!», «¡Tomad un café!», de manera que ese puñado de días transcurrió entre saludos, comidas y partidas de cartas en las casas de unos paisanos acogedores. Cuando subimos al tren de Milán, estaba exhausto y en el vagón hice lo mismo que ahora: quedarme quieto mirando a través del cristal.

Echo una ojeada a Maddalena en el reflejo de la ventana. Salvo el cuerpo, nada ha cambiado. Si su madre aún viviera, se ovillaría en la sillita y le daría unos sonoros besos de *picciridda*. Maddalena conserva la frescura que tenía cuando la pillé. Es una mujer sin melindres. Tenaz y dispuesta a hacer lo que le corresponde en lugar de quejarse. No como el resto de los hombres, que solo saben enfadarse con los demás y nunca consigo mismos. En eso Giuvà tenía razón, siempre decía: «Antes de lamentarte, escúpete en la cara».

Maddalena no tardará en llamarme para pedirme que haga algo. Me vigila y, cuando exagero, empieza: «Ninetto, cambia el agua a los canarios», «Ve a tirar el cristal», «Ve al sótano a coger un tarro de salsa»... O me hace preguntas tontas con la única intención de obligarme a hablar. Normalmente empieza así:

—¿Qué quieres que cocine para esta noche?

—Pasta con calabacín —contesto.

—¡Pero cómo, ya he hecho la salchicha!

—Entonces, ¿por qué me lo preguntas? —digo sacudiendo la cabeza.

Luego ella me sopla en la nariz y me dice que solo lo ha preguntado por conversar y que cuando se casó conmigo no tenía ni idea de que era tan latoso y que, de haberlo sabido, se lo habría pensado dos veces. Después se acerca a mí y apoya sus manos regordetas en mis hombros. Así, poco a poco, voy recuperando el calor. Sí, porque cuando me pierdo en mis relatos dejo de ser cuerpo, huesos y músculos. Solo soy alma y voz.

Veintiuno

Esta noche he soñado con mi nieta. Íbamos a dar un paseo cogidos de la mano. Ella me hablaba de una cancioncita que debía aprenderse de memoria para la función de final de curso. Andábamos por la acera con el sol dándonos en la cara y Lisa decía que quería unas gafas oscuras como la chica del cartel publicitario, para ser también una cantante de cabaret. El corazón me daba volteretas por la felicidad de poder pasear por fin con mi nietecita, a la que no conocía, pero al mismo tiempo sentía en el pecho el miedo a que alguien pudiera hacerle daño. No llevaba la navaja en el bolsillo y eso me inquietaba, de manera que miraba a derecha e izquierda cada dos por tres. Siempre hay que andarse con mil ojos. En cualquier parte puede aparecer alguien y amenazarte. Fuera como fuese, trataba de ahuyentar ese temor y escuchaba su cancioncita al mismo tiempo que veía aparecer la colmena donde había vivido con Giorgio, Mena y el paisano Giuvà. La colmena estaba igual que la había dejado en los años sesenta, más fea imposible. Abandonada a sí misma, con más humo de la chimenea pegado a la fachada. En las inmediaciones, sin embargo, ya no se veían las hileras de fábricas y naves, sino casas populares y empresas abandonadas. En los bloques de viviendas ya no vivían meridionales ni *terroni* ni *napulì*, sino árabes, chinos y negros que habían huido de la miseria, del mar revuelto y de la policía italiana. Miraba a un grupo de africanos que festejaba alegremente a un recién llegado. Le tocaban el bongo formando un corro y él bailaba solo con una sonrisa en la cara que parecía el anuncio de una pasta de dientes. Lisa bonita me preguntaba si podía volver a cantarme la cancioncita y yo decía: «Sí, cariño, repítesela al abuelo» y entretanto miraba la colmena decrépita y a sus nuevos habitantes. Luego me tiraba de la chaqueta y me preguntaba alzando la voz:

—¡Abuelo! ¿Qué hacemos ahora?

Yo estaba a punto de contarle de golpe mi historia de niño emigrante, de contársela de principio a fin para dejársela como se deja un anillo en un joyero. Señalarle la iglesia, el quiosco de Cinzano, la parada del tranvía, y luego llevarla dentro para que viera lo que es una colmena, decirle que a su edad *travagghiavo* ya de vez en cuando y que en San Cono siempre comía pan con las malditas anchoas, que no era como ella, que a los cinco años aún era un lirio y la vida aún no la había rozado y nunca la debía rozar, porque si no yo enloquecería y pondría el cielo patas arriba. Pero las palabras no me salían y no pude mostrarle lo que significa ser unos pobres miserables. Además, la gente que deambulaba alrededor del edificio no me gustaba un pelo. Solo se veían caras torvas. Así que al final me limité a decirle:

—Ven, Lisa, ven con el abuelo, vamos a comprar los pastelitos, que es hora de volver a casa.

Seguíamos caminando de cara al sol y ella, mientras nos alejábamos, se volvía hacia atrás para mirar la chimenea.

—¿Has visto qué feo es eso, abuelo? —decía.

Yo asentía con la cabeza, pero disgustado, porque el lugar donde hemos sido *picciriddi* nunca es tan feo.

—A partir de ahora empiezan los campos y es mejor —afirmé para confortarla.

Me desperté sobresaltado por el claxon de un maldito camión que no conseguía hacer una maniobra. Me sentí extraviado, con la frente perlada de sudor y la espalda apoyada en el cabecero, sin fuerzas para levantarme de la cama.

Acodado en la barra del bar Aurora, me pregunto si Lisa será de verdad como la he soñado y cuándo me permitirán verla. Si esos desgraciados rencorosos me la dejarán ver alguna vez. Siento no haberle enseñado la colmena, porque para que las cosas se te queden grabadas debes tocarlas con las manos.

Echo azúcar en el café pensando si Elisabetta y Paolo sabrán educarla bien y si no serán demasiado severos, dado el carácter de ella.

—Buenos días, Ninetto, ¿cómo estás? —pregunta Helin saliendo de la trastienda.

—Bien. Estoy bien —le contesto por decir algo.

Me quedo absorto en la barra durante un rato, hasta que Helin vuelve a salir con la cazadora y un gorro de lana en la cabeza y, con su italiano hecho de eles y de verbos en infinitivo, me pregunta si quiero acompañarlo al Metro, porque debe reponer provisiones para el bar. Si algo me gusta de él y de su mujer son precisamente esos ojos negros, que no se avergüenzan de mostrar su extravío. Antes de subir al coche me pide que lo ayude a bajar el asiento trasero para que quepa lo que tenemos que comprar. No le oculto que conduce de pena y que si en China lo hacen todos como él y son de verdad mil millones, el atasco debe de ser de tomo y lomo. Pero esa jeta amarilla no esboza siquiera una sonrisa, porque está demasiado concentrado en dominar el embrague y en recordar todo lo que debe adquirir.

El Metro es una tienda para gigantes. Sacos de patatas de tres kilos, barriles de cerveza, botellones de vino, bidones de aceite, envases no de diez piezas, sino de cincuenta o de cien. También los carritos parecen caravanas. De vez en cuando me pregunta: «¿Según Ninetto esto bueno?» y señala una caja de caramelos o un paquete de pasta o una marca de pan envasado. Yo respondo ciñéndome a lo que entiendo y pienso que quizá el muchacho se sienta huérfano y no encuentre nada mejor que el menda para gozar de un poco de afecto paterno. Me gustaría que me contara con pelos y señales su historia, pero el chino es reservado y elude mis preguntas. Debería usar palabras más convincentes para que se abriera, palabras que desconozco. Así que dejo decaer la conversación y me esfuerzo en darle consejos y en poner la compra en el coche de forma que luego no nos cueste descargarlo.

Después de haber vaciado con mi ayuda las bolsas en la trastienda me dice:

—¿Quieres beber algo, Ninetto?

—No, gracias, es hora de cenar y me voy a casa.

Mei me regala una baratija china que se llama soja, un

frasquito con un líquido semejante a la tinta. Lo acepto para no ser maleducado y porque su sonrisa me recuerda a Elisabetta.

Mientras cruzo la via Jugoslavia, busco instintivamente la ventana de casa y veo una luz tenue que es, sin duda, la de la cocina. Maddalena también procura no malgastar electricidad para ahorrar.

Veintidós

Hemos tenido un mes de buen tiempo. El cielo es luminoso y por la via Jugoslavia flotan copos de polen. Ya evito la ventana. Solo me acerco a ella para fumar o para regar las plantas. Vacío con lentitud la jarra para que no gotee agua de las macetas y luego vuelvo al sofá. Elisabetta no pasará. Perdonar no es una cualidad del mundo, no hay que hacer un doctorado para saber eso.

He leído dos novelas más: *El señor de las moscas* y *Crónica familiar*. En más de una ocasión he tenido que responder de mala manera a Maddalena, quien asegura que no entiendo nada.

—Cierra el pico o te tiro un zapato a la frente —le digo alzando la cabeza del libro.

Si salgo, paso siempre por el bar Aurora. Cuando entro, los chinos sonríen abiertamente y me dicen: «Buenos días, Ninetto», con una voz que parece la de unos *picciriddi* de pie en la cuna. Hablamos mitad con palabras, mitad con gestos, y nos entendemos de maravilla. Nos hemos fabricado un vocabulario exclusivamente nuestro y un discreto repertorio de signos. Siempre me enseñan lo que compran y me piden consejo sobre la manera de cocinarlo. Son dos jóvenes inseguros que no saben una palabra sobre Italia. Viven en una parte del planeta que desconocen y que quizá nunca conocerán, porque *travagghiano* mucho, abren hasta quince horas al día y no creo que tengan tiempo para ir a divertirse o a pasear. En estas semanas nos hemos contado algunas cosas íntimas. También me han enseñado la fotografía de sus padres y de su pueblo. Un día hablaron con sus parientes en el ordenador y quisieron que yo también los saludara, yo, que delante de la pantalla me limitaba a repetir: «Uei, uei» y «Hablo *mandalín*» a la vez que saludaba con una mano.

Después del café voy al parque y, a pesar de que a veces es cierto que no entiendo nada de esas páginas sobre las que me devano los sesos, Maddalena no debe hablarme de esa manera, porque, en cualquier caso, es mejor probar que renunciar.

El miércoles voy al psicólogo del seguro de salud, a la visita a la que deben presentarse los expresidiarios. Las gilipolleces habituales que prescribe el Estado para lavarse las manos y demostrar que te vigila. Pedí que la cita fuera a las ocho, una hora que nadie quiere. A fin de cuentas, no hay manera de que me quede en la cama. Apenas Dios manda un rayo de sol a la Tierra, quiero levantarme y patear las sábanas en el aire. Me afeito y me voy a toda prisa de casa con el cigarrillo en la boca. Salir a esa hora me hace pensar que nadie me va a preguntar nada, porque la ciudad aún debe despertarse y la gente tiene menos ganas de murmurar.

Me tomo el segundo café en el bar de Helin y Mei, y luego voy a coger el autobús. Tardo una media hora en llegar al centro sanitario de Famagosta y la doctora Gabrielli me recibe en una habitación pequeña y vacía pintada de color azul celeste. Es una mujer con una cara hermosa, sin maquillaje ni joyas. Tiene el pelo corto, los dientes un poco hacia fuera y las manos finas. A diferencia de mí, que en la fábrica no ponía ni alma ni pasión, hace su trabajo con placer. Además, tiene de bueno que no escatima sonrisas y que es paciente. Incluso con el menda, que ya en la primera cita se dedicó a hacer de mudo arrogante. Los comecocos se pasan la vida diciéndote qué significa esto y qué significa aquello. Qué quiere decir que te suenes la nariz de una manera y si dices «ba» en lugar de «be». No sé si ella es como los de esa ralea; en cualquier caso, no me fío y me siento callado y tieso en el borde de la silla. Ella, en cambio, parece relajada y con su voz juvenil me propone varios temas sobre los que conversar. Me pregunta si he reflexionado sobre lo que hice, sobre los años que pasé en la cárcel, si siento alguna culpa, si tengo ataques de pánico o cómo vivo el paro, ese tipo de cháchara. Yo experimento un fastidio inimaginable, como si fuera un caballo con el hocico lleno de moscas. Resoplo en su cara y repiqueteo con las uñas en la mesa, o me limpio los dientes con la lengua. Como mucho, respondo a la siciliana, alzando apenas la barbilla o con extraños ademanes, como si le dijera: «Me importan un carajo las idioteces que me preguntas». Tampoco me apetece decirle que el navajazo no obedece a ninguna razón. La oscuridad me confundió.

Después de la tercera cita eliminé incluso los ademanes y las muecas. Solo echo de vez en cuando una ojeada a las camisetas que asoman por la bata o al pelo, que, según la luz, tiene diferentes reflejos, a sus hombros estrechos y un poco afilados, como los míos. O miro la hora cada dos minutos y doy cuerda al reloj como si fuera una acción que requiere cierto esfuerzo. Ella me repite con paciencia las preguntas y, antes de empezar, dice sosegada:

—Buenos días, señor Giacalone, ¿cómo está? ¿Hoy va mejor? Siéntese, por favor.

Y yo siempre callado. Insolente y mudo.

—Pero si no quiere hablar, ¿por qué viene hasta aquí? —me pregunta con su aire benévolo.

—Porque es obligatorio —le respondo intentando ser también benévolo, pero sin conseguirlo.

Creía que a la doctora Gabrielli no le importaba pasar el tiempo de esa manera, dado que en mi hora aprovechaba para ordenar el escritorio y los expedientes. En cambio, una mañana, después de apenas veinte minutos de silencio sepulcral, metió las carpetas en un cajón, lo cerró con violencia y de repente soltó, en un tono desabrido que jamás habría imaginado en ella:

—Oiga, señor, dado que no habla, le diré dos cosas, quizá le venga bien oírlas para cambiar de actitud. Vivo cerca de Sondrio, ¿sabe dónde está? Tengo una licenciatura especializada y un máster y lo único que logro conseguir son sustituciones a decenas y decenas de kilómetros de mi casa. El salario de mierda que me pagan, poco más de mil euros, se lo doy directamente a la canguro que se queda con mi hija, a la que le dan berrinches y no quiere ir a la guardería. ¿Sabe desde cuándo hago esta vida? ¿Lo sabe? Desde hace seis años. ¡Seis! Se lo digo para que comprenda que si usted tiene problemas, los demás no deben padecer las consecuencias. Así que ¡o me cuenta algo o escribo de inmediato un informe comunicando su negativa a colaborar!

Al gritar esa frase alargó los brazos dejando caer todo lo que había en el escritorio, un tarro de bolígrafos, folios, un millón de grapas, mientras yo, con los ojos abiertos como platos, pensaba: «Dios mío, a esta le ha picado la tarántula».

El caso es que, no sé cómo, funcionó. Al saber lo mucho que había estudiado, los viajes que debía hacer a diario, el trabajo precario, al ver su cara con apenas unos restos de juventud en las mejillas, me dije que era injusto maltratarla guardando silencio con esa altanería. Así pues, respiré bien hondo por la nariz, la ayudé a recoger los cachivaches del suelo y le hablé con una voz ronca que, a fuerza de rascar la garganta, se fue recuperando poco a poco.

—Oiga, doctora, la verdad es que no me apetece contestar a sus preguntas. No me interesan —le dije alzando con dificultad la mirada del suelo—, pero, si quiere, le puedo contar algo. Y no porque me asuste su informe, sino porque yo, a pesar de mis muchos defectos, no soy un maleducado.

Ella arqueó las cejas, cruzó los brazos sobre las tetas minúsculas y asintió con la cabeza.

—¿Sabe? Desde que salí de la cárcel no hago nada. Trabajar en la cadena de montaje no me apasionaba, desde luego, pero al menos Alfa Romeo me ocupaba el día. Cuando me detuvieron, perdí el trabajo y, mientras expiaba la pena, la fábrica donde había trabajado durante treinta y dos años cerró. Nada más salir me puse a buscar empleo, pero no encontré nada. Hasta hace unas semanas trabajaba de recadero en la pizzería de unos africanos, pero luego cogieron a otro. Y ahora, como estoy harto, no hago nada. No frecuento a nadie, evito a la gente, apenas hablo, solo lo indispensable con mi mujer, quien, creo, ya no me quiere, porque le he arruinado la vida y le he arrebatado la paz para siempre. Lo único que hago es sentarme en los bancos de Milán o en una silla junto a la ventana del comedor para contarme mi vida con pelos y señales. Empecé así una tarde en que, desde el agujero de la cárcel me pareció ver a un tipo idéntico a mi maestro de primaria, el señor Vincenzo Di Cosimo, quien, por lo demás, murió hace muchos años y vivió siempre en San Cono, así que era imposible que pasara por el patio de la cárcel de Opera. El caso es que, un día tras otro, ha acabado por gustarme. Inicié el relato a partir del momento del que tengo un recuerdo preciso, esto es, los años del colegio, y he llegado hasta mi boda.

—¿Y cuál será el tema del próximo capítulo? —me preguntó interesada.

—No sé si voy a continuar.

Eso le dije. Entonces, la doctora, a pesar de que ya no me preguntaba nada, había dejado de resoplar y tenía una mirada apacible que me hacía sentirme, además de un viejo calvo, un hombre que sabe lo que hace, igual que me sentía hace tiempo.

Mientras recuperaba el aliento, que había perdido en el esfuerzo de descoser esas palabras, ella me dijo:

—¿Se siente deprimido?

—¿Yo? —respondí atónito—. En absoluto, doctora. ¿Por qué me lo pregunta?

—Porque los que sufren de depresión pasan los días como usted.

—La depresión es un trastorno que afecta a las señoras aburridas que pasan las tardes jugando a las cartas, no a los hombres como yo —repliqué con firmeza.

Ella sonrió, porque no es rica ni está aburrida, al contrario, siempre anda ocupada y está algo exhausta. Estábamos hablando bien, por ejemplo, me pidió que le hablara del tal Vincenzo Di Cosimo y yo me puse a contarle la historia del diario, pero ella entonces miró el reloj y, tras ponerse en pie, dijo que la hora que me correspondía había pasado hacía cinco minutos y que debía marcharme. Al saber que duermo cuatro horas cada noche, me aconsejó que tomara unas pastillas de pasionaria, que no compré.

—Tendré mucho tiempo para dormir cuando dentro de poco me convierta en un montoncito de ceniza —contesté poniéndome la gorra en la cabeza y acompañando la puerta.

En la cita siguiente, la doctora Gabrielli me preguntó por qué paso los días así. Dale y dale, siempre quiere acabar hablando del navajazo, pero yo me escabullo como una culebra. Le respondo que no creo en la historia de explicar lo que soy con lo que fui ni lo que hago con lo que hice.

—Puede soltarme todos los nombres de científicos austriacos, austrohúngaros y ostrogodos que quiera, no me la trago y no me hará cambiar de idea —le dije.

Entonces, Gabrielli sacudió la cabeza y, mientras me

daba cita para la semana siguiente, esbozó una sonrisa que valía una paga extra.

Ahora tengo ganas de ir a verla y de preguntarle si ha encontrado tráfico y cómo está su segunda hija, que es una niña de pecho. Uno de estos días me gustaría entrar en una papelería y comprarle una taza para los bolígrafos y los lápices o un ramo de gladiolos, así, para dar un toque de color a esa habitación triste, con las paredes azuladas como un pijama.

Hoy tengo de nuevo una cita y, para variar, esta noche no he pegado ojo. Después de haberme hecho las habituales preguntas estúpidas que me pasan por la mente a esa hora —¿adónde va el ruido del día?, ¿existe un cielo o muchos cielos?—, logré concentrarme y preparar un discurso que repito una y otra vez en el autobús que me lleva a Famagosta. A las ocho en punto entro en la habitación celeste y, sin perder tiempo, dejo la gorra encima de la mesa y digo:

—Tengo un problema, doctora.

—¿Y quién no?

—La otra vez le conté cómo paso los días, ¿se acuerda?

—Sí.

—Bueno, el caso es que ya no puedo siquiera contarme mi historia. Me he quedado bloqueado.

—¿Por qué? —pregunta ella.

—No lo sé —contesto.

—No es posible —insiste ella.

—Está bien, lo sé. Porque después de haberme contado con pelos y señales lo que había pasado hasta la boda, ahora tengo que hablar de la fábrica, treinta y dos años de vida idénticos los unos a los otros. Tan iguales que impresiona. Mejor dicho, es repugnante. La historia termina en dos minutos y no porque desconozca las palabras. Soy yo durante cuatro años en la cadena de montaje vigilando la máquina del torno y montado en una carretilla otros veintiocho. Durante nueve horas al día, todos los días, levanto pedazos de motor y los transporto de un lado a otro, punto final. Un robot, no un hombre. Un brazo mecánico, no un corazón que late. Y la vida que, entretanto, no te espera y sigue adelante, la hipoteca de la casa tan puntual como el despertador, las vacaciones en casa de nuestros padres en Calabria y en San Cono sin ver jamás ningún otro lugar del mundo, una hija que crece y se escapa bajo tu mirada y así todo... No sé qué decir, doctora. Y si no sé qué decir, significa que no he vivido o, peor aún, que me han tomado el pelo y que he tirado a la basura la vida que Dios me concedió, ¡la desperdicié antes incluso de la cárcel! —termino sin aliento estrujando la gorra con las manos.

Ella me mira sin hablar, yo me muero de las ganas de fumar, pero cuando se lo pido me contesta:

—De eso nada, señor Giacalone, ya fumará fuera. Ahora siga sentado, no se alarme y explíqueme bien la razón.

—¡¿Cómo que la razón?! —grito irritado—. ¿Acaso no puede entenderlo sola?

Entonces ella sonríe con sus ojos inteligentes, que la convierten en una mujer agraciada y en una hija afectuosa, y asiente con la cabeza, a pesar de que luego abre las manos y me responde que no puede ayudarme.

—Todos tenemos una parte de la vida que es como un

sapo asqueroso que debemos escupir, no es el único, señor Giacalone.

«¡Lo que hay que oír! —pienso poniendo los ojos en blanco—. ¡Esta es la doctora licenciada, con un máster a sus espaldas, y lo único que sabe decirme es que todos tenemos un sapo asqueroso que debemos escupir!». Me gustaría responderle que Helin y Mei saben decir lo mismo con un gesto.

—Oiga, doctora —prosigo con la voz clara que tenía cuando iba al colegio—. ¿Quiere saber a qué conclusión he llegado a base de perder el tiempo haciéndolo todo solo? ¿Quiere saberlo?

—Dígame.

—Para mí, la auténtica vida ha sido la miseria de cuando era *picciriddu*, la emigración a Milán y la supervivencia en esos años difíciles. En cambio, cuando llegó la fábrica, quizá me asenté, pero entré en un túnel oscuro. Fue un rosario, doctora. Sí, ha oído bien, un rosario, que es la oración más estúpida del mundo, porque a fuerza de repetir como una cotorra la misma cosa hasta la palabra de Dios retumba en el vacío, igual que la voz en una olla de cobre. En cuanto a la cárcel, doctora, ¿sabe cómo fue para mí la cárcel? ¡Segundo rosario y segundo túnel! —grito con la frente perlada de sudor.

Y ella, delante de mí mientras me agito, permanece compuesta y silenciosa en la silla y es posible que con sus ojos de perra bondadosa me esté diciendo que me comprende.

Veintitrés

—De acuerdo, señor Giacalone, nos volveremos a ver después del verano. Luego las citas serán más esporádicas —me dice la doctora Gabrielli.

Recibo la frase como una ducha fría y me veo obligado a inclinar la cabeza para que no vea mi decepción. Le estrecho la mano y me marcho sin decirle que, después de haberme machacado para que hablara, justo ahora que empiezo a hacerlo va y me liquida. Pero mientras cierro la puerta, me llama, yo me vuelvo y ella, con el lápiz en la barbilla, dice:

—Señor Giacalone, ¿por qué en lugar de esperar a su hija en la ventana con los brazos cruzados no va a verla? ¿Quién se cree que es, Romeo con Julieta?

Cuando salgo al aire libre no tengo ganas de subir al autobús y tener que dar empujones para poder sentarme, así que camino más de una hora. Bordeo el Naviglio Grande y, mientras miro el agua sucia, me desahogo fumando. Desde el camino de sirga veo un perro asomado a la ventana de un edificio, un pastor alemán con las patas colgando en el alféizar y los ojos perdidos en el vacío. Rasco una cerilla en la pared y lo miro. Trato de entender si él también se está contando su historia.

En casa, Maddalena ha preparado ensalada de arroz. Como varias cucharadas, luego me levanto y arrastro la silla hasta la ventana. Mientras quita la mesa, Maddalena dice que mastico como una oveja y que consigo que se le vayan las ganas de cocinar.

A la via Jugoslavia ha llegado el equipo de trabajadores de saneamiento para inspeccionar las alcantarillas. Acodado en el alféizar, me quedo absorto mirándolos y los envidio. Ese trabajo es mejor que el de la fábrica. Se mueven en grupo en una furgoneta del ayuntamiento y pasan los días juntos y, a pesar de que las alcantarillas no son un paraíso terrenal, ven el cielo, hablan, conocen gente.

De no haber tenido quince años y un entusiasmo ingenuo que, ante la idea de conquistar un puesto con contrato, me atravesaba la espina dorsal, quizá habría prestado más atención a los tornos de la Alfa Romeo. Son idénticos a las rejas de una celda. Se mueven como el expositor giratorio de las tarjetas postales, pero en realidad son barrotes que no te dejan escapatoria.

Ese 8 de mayo empezábamos una decena, todos de mi edad salvo uno llamado Goffredo, que tenía diez años más que yo. No recuerdo sus caras. De vez en cuando intento hacer memoria, pero no me vienen a la mente. Salvo la de Sergio, he olvidado todas las caras de la fábrica. En la cárcel, el tiempo que no pasé recordando lo dediqué a borrar con la esperanza de aligerar el encierro. Sergio era alto y robusto, con un bigote tupido. Llevaba siempre una chaqueta de terciopelo color café. En el bolsillo interior llevaba siempre enrollado un diario militante o fotocopias de panfletos franceses, de esos que no podían circular en la fábrica. Sergio era tornero, pero esa circunstancia carece de interés, porque con los años cualquier tarea se transformó en un estúpido automatismo que convertía al trabajador en un mero vigilante de las máquinas. La cosa interesante, sin embargo, es que Sergio Radaelli, un milanés de unos cincuenta y cinco años, era un sindicalista importante y valiente. Uno de esos hombres con quince huevos. Había comenzado como forjador en la fábrica de Alfa de Arese en los años cuarenta y, debido a la labia y al carácter tenaz, no había tardado mucho en darse a conocer y en ganarse incluso el respeto del señor Mantovani, a pesar de que este se lo habría quitado de encima de buena gana. Jamás fanfarroneaba sobre las batallas que había ganado, Sergio jamás decía «yo». Solo recordaba de buena gana cuando había conseguido que los forjadores recibieran el delantal y los guantes de cuero. Antes trabajaban con ropa de tela y se quemaban el pecho y las manos cada dos por tres.

La primera semana nos pusieron bajo sus órdenes. Mientras nos enseñaba a vigilar la máquina que producía tornos paralelos, me hacía preguntas intentando comprender si yo era alguien dispuesto a involucrarse en las iniciativas políticas o era un esquirol. Enseguida me explicó que el trabajo era «degradante», usó esa palabra, que a esas alturas lo único que había que hacer era supervisar los robots hasta que estos acabaran guardándonos en el desván como si fuéramos viejos juguetes.

Sergio Radaelli era una gran persona, pero yo al principio lo evitaba y, cuando se acercaba para preguntarme si todo iba bien, le respondía escuetamente. Tenía la impresión de que sus ideas y su manera de comportarse podían llevarme por el mal camino y quería impresionar al señor Mantovani, demostrarle que no se había equivocado al contratarme. Los obreros, en especial los de mi edad, que eran un ejército, me parecían una tentación y una amenaza de perder el trabajo, indispensable para poder pagar el alquiler a la señora Lenuccia y para comprar cuanto antes este piso de la via Jugoslavia. Entre otras cosas porque, ya se sabe, en ese periodo se vivió una gran agitación en las fábricas. No faltaba gente endiablada de cualquier ralea y durante tres o cuatro años nunca sabías cómo podía terminar el día. Así pues, cada vez que me topaba con alguna cara nueva, me pasaba la mano sucia por el mono y la tendía para presentarme, pero ahí se acababa la cosa, porque luego volvía enseguida a mi puesto.

Mi tarea consistía en vigilar la máquina del torno paralelo y verificar que el perno central estuviera bien atornillado, un trabajo que me sacó las venas de las muñecas, porque abusé de ellas. En una ocasión tuve incluso flebitis, la piel del brazo se me puso azulada, y fue la única vez en treinta y dos años en que recurrí al seguro de salud para los cinco días de baja que me había concedido el médico de la sección, el doctor Pirovano. Mi trabajo ya no debe de existir, porque las máquinas son aún más tecnológicas, a saber cómo, y ni siquiera debe de ser necesario vigilarlas. Lo único que puedo decir es que era un trabajo idiota. La doctora Gabrielli y los que no han *travagghiato* en cadena no pueden entenderlo, pero es así. Era un trabajo idiota, que volvía también idiota al que lo ejecutaba. No era necesario tener ninguna capacidad. Al contrario, quien la tenía —quien, a diferencia de mí, había realizado cursos profesionales de herrero, soldador o tornero— se sentía un auténtico papanatas por tener que dedicarse a supervisar el montón de chatarra que dictaba la ley y que cronometraba incluso lo que tardabas en mear o en sonarte la nariz. Habría sido mejor abrir una taberna en la playa, como decía Maddalena. Habría sido mejor no resignarse. Todo habría sido diferente.

Sea como fuere, la unión con el resto de los trabajadores se creó en un segundo momento, cuando mi mujer y yo compramos este piso, pagábamos los plazos de la hipoteca con regularidad, ella trabajaba como bedela en una guardería municipal y ya se le hinchaba la barriga con mi Elisabetta dentro. Entonces me sentía más seguro y en alguna ocasión intenté participar en las iniciativas de recreo que organizaban en la Alfa: torneos de petanca, excursiones, salidas a las tabernas de Lambrate, donde se cantaba y se bebía vino tinto en abundancia. Lo único es que los demás acudían con sus mujeres e insistían en que trajese también a la mía, pero a mí, la mera idea de ver a Maddalena en medio de tantos hombres, algunos incluso tan jóvenes como ella, y que uno de ellos la invitara a bailar, me hacía entrar sudor frío. Por ese motivo dejé casi enseguida de reunirme con ellos y un día en que me sentía más aburrido de lo habitual le dije a Sergio que quería participar en los encuentros que organizaba.

—Así, por curiosidad.

Él sonrió moviendo su enorme bigote entrecano y me cogió de un brazo.

—Te estaba esperando, ¡mira que eres pelmazo, siciliano! —contestó poniéndome una mano en un hombro.

Era justo la época en que me atormentaba un sueño obsesivo. Estoy trabajando en la cadena, en un día cualquiera, y de repente aparecen dos obreros. Me cuentan que, en realidad, lo que hacemos no sirve para fabricar coches sino minas y armas de fuego. Me dicen eso y desaparecen en un santiamén. Yo me quedo mudo delante de la máquina y enloquezco de tanto pensar: ¿acaso yo también soy culpable? Si me quedo aquí dentro, ¿yo también me convertiré en un fabricante de armas o seguiré siendo un pobre desgraciado encargado del torno paralelo? Soñé lo mismo durante varias semanas sin llegar a saber responder nunca a la pregunta, ni siquiera despierto.

En cualquier caso, tras los primeros dos encuentros sabía ya el nombre y el apellido de los trabajadores de Alfa que tenían el carné del sindicato. Yo también me afilié. En las asambleas se hablaba de cosas que hoy me importan un comino, pero que entonces me apasionaban. Las reuniones se celebraban en la sede de la via Ciro Menotti, en Arese, en un edificio pequeño con las habitaciones dispuestas como aulas. Había sillas por todas partes con unas tablas enganchadas a los brazos donde se podía escribir cómodamente. Al oír los debates sobre el cálculo de los salarios, la escala móvil y los razonamientos sobre la necesidad de disponer de comedores empresariales y de otros derechos para dignificar a los obreros, tenía la impresión de haber regresado al colegio. Un colegio para hombres hechos y derechos donde no se aprende el teorema de Pitágoras ni las tablas de multiplicar, sino ideas y proyectos que te permiten encuadrar mejor el funcionamiento del mundo. Al segundo encuentro me presenté con un cuaderno y un bolígrafo azul y empecé, una vez tras otra, a acumular apuntes, a estudiar, a fotocopiar libros; en pocas palabras, a llenarme la cabeza con esas patrañas que, con todo, me ayudaron a resistir durante unos años, a soportar un trabajo que detestaba cada vez más. Varios de la sección me asediaban para que me afiliara al PCI o a Lotta Continua o a Potere Operario y me hablaban de las reuniones, de los piquetes, de las palizas masivas, de los panfletos. Yo les respondía que me sentía más comunista pactando el horario de los turnos y los equipos de seguridad que confabulando para hacer saltar por los aires el sistema. Además, si me hubiera afiliado al partido, Maddalena me habría dejado, porque es calabresa, así que cuando dice una cosa no se olvida.

En cualquier caso, ¿cuánto duró también ese entusiasmo? ¿Dos, tres años? Luego el ambiente se envenenó y, más que una escuela para hombres hechos y derechos, las reuniones se convirtieron en una babel y en una competición para ver quién gritaba más fuerte en el micrófono. En resumen, que acabó siendo un güelfos contra gibelinos, las iniciativas ya no progresaban, porque había que vérselas con los que hacían política, que en la mayoría de los casos predicaban una cosa y hacían otra. De esta manera, la página del cuaderno se quedaba en blanco y, más que escuchando, pasaba el tiempo chupando el bolígrafo. Sin levantar la mano ni decir ya lo que pensaba. La última vez que estuve en la via Ciro Menotti fue en 1975. Era una noche de invierno y las aceras estaban cubiertas de nieve.

Veinticuatro

A Maddalena le dedicaba muchas atenciones y el día de paga siempre regresaba a casa con un detalle: una orquídea, un chal, un marco con una vieja fotografía de los dos. El problema era que mi carácter posesivo iba de mal en peor, hasta tal punto que ciertos domingos debía forzarme a salir con ella, porque tenía la impresión de que se la comían con los ojos y esa sospecha me convertía en un ogro. Cuando nació Elisabetta, el miedo a que alguien pudiera acercarse y hacer daño a Maddalena o incluso a la *picciridda* me sacaba de mis casillas. Me parecía que el corazón no iba a poder soportar tanto nerviosismo y solo lograba calmar las palpitaciones apretando en el bolsillo la navaja nueva que había comprado en secreto.

—¡Para ya! ¡Volvamos a casa, no te soporto! —gritaba Maddalena desasiéndose de mi brazo.

Otras veces me decía:

—¿Llamamos a Pasquale y a Vittoria? Vamos, pregúntales si quieren salir o venir a casa a comer pasta al horno.

Entonces yo, para seguirle la corriente, entraba en la cabina telefónica con la ficha en la mano, fingía teclear el número y hablaba con el auricular. Luego salía y le decía:

—Esta noche ya están ocupados.

Así podía mimar a mi Maddalena o llevarla al cine a ver una de esas películas sentimentales que tanto le gustan, pero siempre sentada en el primer asiento de la fila, así nadie podía sentarse a su lado, salvo el menda.

En cualquier caso, trabajé como tornero hasta que el jefe de sección me pidió que me sacara el permiso de conductor de carretillas con un curso que pagaba Alfa y que se impartía durante el horario de trabajo. El viejo Sergio, al que había confesado que lamentaba haber dejado tan pronto el colegio, me dijo:

—Pídeles que a cambio te inscriban en las ciento cincuenta horas que se necesitan para obtener el diploma de primaria y secundaria.

Seguí su consejo y la solicitud llegó hasta las altas esferas del señor Mantovani, que al año siguiente me añadió a la lista.

Después del turno íbamos en un autobús y dábamos cuatro horas de clase. Yo era el más atento, sentado muy tieso en el primer pupitre de la fila central. Me daba igual parecer ridículo a ojos de los demás obreros, que se arrellanaban en la silla y escuchaban con un solo oído o fumaban durante la lección o decían que, a fin de cuentas, el aprobado estaba garantizado. Yo me tomaba en serio todas las lecciones y me decía que debía preguntar para comprenderlo todo bien, porque después en casa nadie iba a poder ayudarme ni a repetírmelo todo desde el principio. En cuanto a los maestros, la mayoría no estaban mal, alguno era incluso bueno, pero, qué puedo decir, Dios no vuelve a mandar a un hombre como aquel a la Tierra y hasta es posible que haya tirado el molde. Me imagino al maestro Vincenzo en el cielo, enseñando a los ángeles, o en el limbo con los no bautizados, porque a él le gustaba trabajar en lugares difíciles y estaba convencido de que la escuela era sobre todo necesaria donde había más miseria. En mi opinión, ahora que es una pequeña alma celestial, Vincenzo Di Cosimo baja por la mañana del puesto que tiene reservado o de su nube y va por ahí con su cartera de cuero desgastado a enseñar poemas y a hablar sobre la propiedad privada, aunque quizá el Jefe en persona la haya abolido allí arriba, porque siempre ha querido que todos los hombres sean iguales, hasta tal punto que creo que también es comunista.

A pesar de que mis compañeros de trabajo me consideraban alguien serio y un tanto extraño («Giacalone empollón», decía alguno), en el autobús hablábamos y bromeábamos. Es más, en una ocasión sucedió algo cómico en la misma escuela. Un joven simpático, Tonio, se divertía poniendo apodos a todos. Bueno, pues un buen día, no recuerdo por qué, me abrazó y al tocarme los hombros se quedó estupefacto de lo flaco que estaba. Me dijo lo mismo que me habían dicho Peppino y los *picciriddi* de la via dei Ginepri: «Eres un auténtico palillo». Casi me conmovió. Le expliqué apresuradamente que ese era justo mi antiguo apodo, de manera que en poco tiempo me convertí en la fábrica en lo que ya era en la via dei Ginepri, Ninetto el Palillo o, cuando alguien tenía prisa, solo Palillo.

Las lecciones más bonitas eran las de historia. Quería aprender las fechas, los nombres de los reyes, de los ministros y de las batallas, y tomaba apuntes como un descosido. Aun hoy, cuando conozco un asunto o un tema, siento una satisfacción inmensa. No todos experimentan ese sentimiento, porque a algunos no les interesa saber y viven tan contentos con su cara de ignorantes. Yo, en cambio, soy curioso, me muero de rabia cuando se habla de cosas que desconozco y disfruto cuando alguien me hace una pregunta y sé la respuesta con pelos y señales, como si fuera un ilustre experto en la materia.

Cuando pienso en Lisa bonita, imagino que voy a recogerla al colegio y que después de merendar tiene que hacer los deberes. Mientras ella come pan con Nutella, voy a espiar en su cuaderno lo que la maestra les ha puesto como tarea para el día siguiente y ya no paso la noche en esta ventana mugrienta, sino encima de los libros para transformarme en un pozo de sabiduría. Así, a la mañana siguiente, cuando nos sentamos a la mesa, la dejo atónita con mi erudición, que no procede de ninguna escuela, sino que es de cosecha propia, como le sucedía a Giacomo Leopardi, que estudiaba día y noche hasta consumir los cabos de vela y que no debía sus conocimientos a los maestros, porque a los diez años lo único que podían hacer ya por él era lavarle los pies.

Puede que confíe en recuperar la relación con Elisabetta y Paolo a través de Lisa, porque, pienso, si ella me quiere, sus padres no me podrán despreciar.

Veinticinco

Una noche, Giuvà nos visitó en casa con su familia y me pidió que me uniera a la empresa de construcción que hacía de todo y a la que Giorgio y él habían llamado Doble G. Las cosas habían ido viento en popa desde el principio y necesitaban más personal. La velada que compartí con mi paisano Giuvà fue agradable. Hablamos de la miseria que habíamos dejado a nuestras espaldas; de San Cono, tan lejano ya; de la vida de ahora, de la fábrica y hasta de la colmena. El hecho de haber recorrido un tramo del camino juntos mantenía siempre viva la conversación, y Giuvà y yo no dejábamos de referir recuerdos y ocurrencias que hacían reír también a nuestras mujeres, a sus dos hijas y puede que incluso a mi Elisabetta, que nos miraba desde el cochecito con sus ojitos felices y el gorrito en la cabeza. En cuanto a la empresa, le respondí que podía *travagghiare* el sábado y el domingo, pero él me contestó que necesitaba una persona todos los días, así que tuve que rechazar su ofrecimiento. Luego pensé que una vez, en los vestuarios de Alfa, había oído hablar de dos hermanos que *travagghiavano* en un bar cuando salían de la fábrica y que podían hacerlo porque tenían turnos alternos.

«Eso mismo haré yo», me dije. Fui a ver a Sergio y le pregunté quién era, en su opinión, el trabajador que más necesitaba redondear el sueldo. Él me respondió que en pintura había uno que se llamaba Gaetano. Dicho y hecho. En la pausa para comer busqué a Gaetano y mientras masticaba el bocadillo le expliqué el porqué y el cómo. Gaetano me contestó que se alegraba de que hubiera pensado en él. Tenía la hipoteca y cinco hijos. Aún recuerdo sus historias sobre la miseria de Basilicata y sobre la forma en que se las arreglaban en las inmediaciones de Matera. Parecían cuentos tristes, porque estaban llenos de animales cansados y de cuevas, de montañas y de bandidos, de superstición y de brujas.

Cuando fuimos a pedirle que nos echara una mano, el jefe de la sección, un napolitano purasangre, nos saludó diciendo: «*Facite chill che cazz vulite basta ca venite a faticà!*».[8] Así que nos pusimos de acuerdo sobre los turnos. Por la mañana Gaetano-Alfa Romeo y Ninetto-empresa y por la tarde viceversa. Íbamos a rehabilitar casas y había que tirar paredes, romper baños, pintar, poner suelos. Aguantaba bien el ritmo, si bien ahora me pregunto cómo pude hacer esa vida durante treinta años. En la cárcel, muchos me contaron que por fatigas mucho menores esnifaban cocaína y otras sustancias que te mantienen en pie sin necesidad de descansar. A mí, en cambio, siempre me bastó con un bollo relleno de mermelada y un café doble entre comidas. Solo a veces me dormía en el suelo de las casas vacías y me despertaba con la espalda fría. Cuando *travag-*

8. En dialecto napolitano, «¡Haced lo que cojones queráis, basta con que trabajéis aquí!».

ghiavo para la empresa de Giorgio y Giuvà me acordaba siempre de la obra de Bollate, donde hablábamos desde los andamios, silbábamos a las transeúntes y durante la pausa nos sentábamos en la acera a comer unos bocadillos enormes de tocino que te hacían renacer. Allí nunca faltaba el cielo, aunque en muchas ocasiones fuera gris y cadavérico, y de vez en cuando, si no pensaba en mi madre o en otros hechos melancólicos, cantaba con los demás. O, cuando Giorgio y Giuvà me mandaban a pintar de pie en la escalera, pasaba el tiempo recordando a Currado y los abruzos, gente excepcional y de primera categoría. Otras veces, en cambio, pensaba en Elisabetta, a la que con tres sueldos, dos míos y uno de Maddalena, no podía faltarle de nada. Me la imaginaba ya mujer, licenciada y con clase, no humilde como yo. Y pensaba también en el niño que deseaba y al que quería llamar Luigi, como el padre de Maddalena, que había sido partisano, a diferencia de mi padre, Rosario Giacalone, un hombre que, desde luego, no merecía ninguna estatua. Pero el chico no había llegado. Después de Elisabetta, Maddalena no volvió a quedarse embarazada. Lo intentamos y reintentamos, pero no sirvió de nada. Yo me emperré tanto que hacía el amor sin gusto alguno con mi mujer y todos los meses la desilusión me ponía de malhumor y me hacía sentirme un fracasado. Al cabo de unos años le pregunté si quería que adoptáramos un *picciriddu*, porque podíamos pagar la hipoteca y si algo nos faltaba, eran niños, pero Maddalena no quiso ni oír hablar del tema.

—¡Solo es hijo mío el que sale de esta barriga! —gritaba y lloraba protegiéndosela con las manos—. ¡Déjame en paz! —vociferaba desde el dormitorio cerrado con llave—. ¡Vete!

A mí, en cambio, me habría gustado ir a recoger a un pobre crío a alguna parte del planeta. Me daba igual si venía de otra barriga o de un semen que no fuera el mío. Con el afecto y la protección que le habría procurado, habría llegado a ser hijo mío. Una semilla sin la tierra caliente, las manos del campesino y el sol no sirve para nada, la gente debería saberlo. Es más, a pesar de que por aquel entonces no se veían, no me habría importado que fuera negrito. En los parques se ven ahora algunos que son tan espabilados que te entran ganas de escapar con ellos detrás de los perros.

Sea como fuere, al final me quedé sin descendiente. Elisabetta es hija única, como yo, a pesar de que yo tuve una hermanita mayor, Maria, que, sin embargo, no llegué a conocer, porque murió al cumplir un año. Tanto ella como Luigi son dos personas que jamás han existido en mi vida, en los que pienso ciertos días y a los que escribiría pequeños poemas si fuera capaz de hacerlo. Ser hijo único es una desdicha. Te falta una palabra importante del vocabulario: hermano. Una palabra que significa un sinfín de cosas excepcionales, hasta tal punto que, no solo se han apropiado de ella los curas y los políticos, personas de las que no me fío, sino también algunos santos, como Francisco de Asís, y varios escritores célebres. Gente ante la cual hay que hacer una reverencia y quitarse el sombrero.

Veintiséis

Salgo y voy a saludar a Helin y Mei. Los riño, porque los encuentro flacos y con mal color, sobre todo a ella.

—Uno de estos días os invito a comer a casa y os hago comer como se debe —les digo—. Mi mujer Maddalena hace unas berenjenas a la parmesana que están para chuparse los dedos.

Después de despedirme de ellos, pienso en ir al parque a leer el periódico, pero al final enfilo otra calle. Aprieto el libro igual que antes lo hacía con la navaja en el bolsillo de los pantalones. Atravieso la circunvalación. Los ruidos se enredan en los oídos y el tráfico recuerda el rechinar de la fábrica. La via Lampugnano, la via Natta, la via Salmoiraghi, el piazzale Lotto y, al final, la via Monte Bianco. Es una calle tranquila, con edificios de tres plantas. Elisabetta vive en el número veintiocho. Hago amago de llamar por el telefonillo, pero de repente me asusto y aparto la mano.

Detrás de una hilera de setos bajos se abre un pequeño patio. En él hay parterres, una fuente y dos toboganes. No debe de ser como el nuestro, que está lleno de agujeros y bocas de alcantarilla. Miro alrededor y me alegro de que Elisabetta se haya instalado en un edificio señorial, no como nosotros, que vivimos en una casa popular. Lisa jugará tranquila aquí, quizá se pueda salir incluso sin navaja, me digo asintiendo con la cabeza.

No sé por qué he venido a la via Monte Bianco. No pretendo espiar, tampoco esperar. Tal vez porque no sé adónde ir ahora que ya no tengo a nadie.

Delante del edificio de Elisabetta hay un pequeño parque con los bancos de piedra y un recinto donde los perros pueden correr sin correa. Los pinos forman un entoldado umbroso. Me siento en uno de los bancos con los brazos extendidos en el respaldo. Cruzo las piernas, miro a los niños que juegan en el patio y, entretanto, saco una nueva novela, *El extranjero*. La compré el otro día en un quiosco del piazzale Loreto. Pagué un euro por ella, porque el propietario me dijo:

—Me estoy quitando de encima los últimos libros y luego cambiaré de oficio.

—¿Y el quiosco? —le pregunté.

—Si quiere, se lo vendo.

Qué lástima tener tan pocos cuartos, de lo contrario, me habría gustado vender libros al aire libre y pasarme el día contemplando el bullicio de Milán, imaginar la vida de toda esa gente que corre como los cochecitos por la pista.

La lectura me engancha ya en la primera página y de cuando en cuando echo una mirada a la puerta para ver quién entra y quién sale. Paso varios días así. Le cuento a Maddalena mi nueva manera de pasar el tiempo. Ella no dice una palabra. Solo me mira de través con aire inquisitivo.

En el banco, entre un capítulo y otro del libro, no dejo de pensar en Elisabetta, pero en cada ocasión me siento decepcionado. Como arena que cae de las manos. En mi memoria, mi hija pasa de *picciridda* a mayor en un abrir y cerrar de ojos. En medio no veo nada. Está en la cuna, gatea, balbucea y en un santiamén se convierte en una mujer hecha y derecha, con las tetas prominentes, una cara entre angelical y espabilada, pecosa como la de su madre. Recuerdo las peleas por cosas típicas de las muchachas: el permiso para pintarse los labios, los zapatos bonitos, la paga, el horario de vuelta a casa. Por lo demás, no sé nada sobre los asuntos de mi hija, ningún detalle, cosa que es grave, porque he leído en un libro que las personas se conocen cuando se conocen los detalles y también que la perfección de Dios se ve porque en sus criaturas hay detalles precisos y no hay nada hecho deprisa y corriendo. Maddalena era la que la seguía, la que la corregía, la que la animaba. Yo jamás fui un punto de referencia.

Ella tenía veintiséis años. No me hablaba de los chicos ni de los amigos con los que salía, porque, como ya he dicho, yo no era nadie, no pintaba nada y, de verdad, mi voz solo se oía cuando decía gracias y de nada mientras nos pasábamos los platos y los vasos en la mesa. Entonces la familia funcionaba de forma diferente. No como ahora. Hoy en día, los hombres son más amas de casa que las mujeres: lavan, cocinan y planchan las camisas. En cambio, hasta hace unos años, cuando el marido entraba en casa por la noche, encontraba a la mujer esperándolo a la puerta con las zapatillas. Tu deber con los *picciriddi* se limitaba a hacerles cucú con los dedos bajo la barbilla durante cinco minutos. Fuera como fuese, nuestra relación estaba tan vacía como una calabaza y yo sufría. Sí, sufría, pero no sabía de qué hilo tirar para deshacer la maraña. Era incapaz de dar el primer paso, porque la única vez en mi vida que había hecho eso había sido el lejano día en que a Maddalena se le había pinchado una rueda. En cualquier caso, Elisabetta me parecía guapísima y quería decirle muchas cosas, que luego, sin embargo, no me salían de la boca. Quería seguir llevándola en bicicleta o de paseo cogidos de la mano o ir al bar para beber una Fanta, como cuando era niña. Pero ese tren había pasado, ella ya no era una *picciridda*, habíamos perdido la confianza y la vida la empujaba hacia delante. Adelante, adelante, adelante, en tanto que a mí me sujetaba como un perro encadenado. La fábrica, el trabajo de albañil, el cansancio cada vez mayor me hacían vivir encerrado en mí mismo, me impedían comprender sus necesidades y entrar en su alma. De esa forma, cuando ese sábado por la tarde fui a coger la bicicleta y la vi en la penumbra, en el frío pasillo del sótano, con la cabeza echada hacia detrás y uno tan alto y robusto como, de hecho, es Paolo, abrazado a ella, no sé qué me pasó, tuve la impresión de que el tipo estaba violando o matando o desfigurando para siempre a mi Elisabetta y, ¡jamás, jamás!, se me ocurrió ni por un momento que pudiera ser un simple deseo de amor. Vi oscuridad, sordidez y el cuerpo de un hombre enroscado al de mi Elisabetta, a la que reconocí por el pelo suelto y la camisa blanca que le habíamos regalado hacía unos días por su cumpleaños. Así que le asesté el golpe. En la oscuridad demasiado negra para mis ojos entornados, le clavé varias veces la maldita navaja que llevaba siempre en el bolsillo desde que había venido al mundo mi *picci-ridda*, que tan rápido había crecido. Él se desplomó en el suelo con un chorro de vómito en la boca y Elisabetta gritó sin comprender que el atacante era su padre. Cuando me vio, chilló aún más a la vez que se arrancaba el pelo encima de su Paolo, hasta que se desmayó. Yo permanecí inmóvil, con la navaja manchada en la mano. En un primer momento no recordaba nada, aunque luego tuve que repetirlo todo mil veces con pelos y señales a policías y abogados. Lo único que recordaba era que se había desmayado en la penumbra. Y también que en la garganta me morían las frases que deseaba decirle, ahora ya no te podrá hacer daño, te dije que te quedaras en casa. Fue el señor Marino, el de la planta baja, el que, al oír los gritos y ver aquel suplicio, pidió ayuda.

Entre operaciones y convalecencias, Paolo pasó un auténtico calvario y, según me ha dicho Maddalena, aún cojea. En cualquier caso, sobrevivió y se fue recuperando poco a poco. Lentamente, volvieron a ser felices. Se casaron, se compraron un piso espacioso y hace cinco años trajeron al mundo a Lisa bonita.

Veintisiete

No esperé siquiera a que llegara la ambulancia. Enfilé la escalera y del sótano emergí de nuevo a la luz. La luz de esa tarde era deslumbrante. El señor Marino me miró con desprecio, pero no se atrevió a pararme. Al otro lado de la puerta el aire era fresco y se comprendía que el mundo seguía su curso sin parpadear, tan indiferente como una estatua. Es más, ese día las nubes eran aún más blancas, el viento deshojaba los plátanos decrépitos de la via Jugoslavia, se veían chicas en bicicleta luciendo vestidos ligeros. Era evidente que ese espectáculo era el castigo que me infligía Dios para que me sintiera más indigno que nunca.

Con paso lento y firme, me dirigí hacia la comisaría de la via Falck. Mientras caminaba no dejé de apretar la navaja un solo momento. En las yemas de los dedos sentía incrustarse las gotas de sangre. Ya no te puede hacer daño, te dije que te quedaras en casa. Era lo único que repetía, robótico como el torno. En la via Fichera vi que una ambulancia se abría paso entre los coches y que se desviaba hacia el centro sin esperar al semáforo verde. Busqué los cigarrillos en el bolsillo. Como no encontré el mechero, me puse uno en la boca y mordí el filtro con los dientes. Quería pedir fuego a un tipo cualquiera, pero la palabra había desaparecido. El silencio había empezado a erigir una muralla con alambre de espino en lo alto. En la ambulancia iban, sin duda, Elisabetta y Paolo: él muerto por la herida y ella de pesar. En eso pensaba mientras el ruido de las sirenas se iba alejando.

Encontré una cabina telefónica, porque el ayuntamiento se había olvidado de quitarlas en la periferia. Dentro había botellas rotas y apestaba a meado. También el auricular estaba destrozado, los hilos de cobre salían de la funda. Pero, aun así, funcionaba. Metí veinte céntimos y tecleé como pude el número de casa.

—Dígame —respondió una voz desconocida.

Metí veinte céntimos más. El esfuerzo para recordar el número me perlaba la frente de sudor y me entumecía las manos. Nadie respondía. Podía oír el timbre del teléfono inalámbrico que Maddalena siempre olvidaba en el sofá. Un timbre alegre de campanillas retumbaba en la casa vacía, quizá mientras ella bajaba la escalera en zapatillas, apretando el pasamanos sin comprender nada.

Dejé el auricular colgando y eché de nuevo a andar. Vi que un coche patrulla se acercaba a mí, pero al final pasó por mi lado sin hacerme caso. Bajo los pies oía el crujido de las esquirlas de cristal que había arrastrado hasta la acera.

En la comisaría tenían las ventanas abiertas. Se oía sonar continuamente la centralita y a un tipo gritar órdenes en napolitano. En el umbral había un carabinero. Con su ir y venir abría y cerraba continuamente la puerta automática de la entrada. Antes de apagar la colilla en los cuatro palmos de verde que rodeaba el cuartel, me lanzó una mirada torva. «Muévete, que ya te hemos esperado demasiado», parecía decir.

Apreté el paso y me detuve delante de la verja de hierro. La sacudí para abrirla y en la reja quedó pegada una huella rojiza. Yo también sentía que me estaba demorando demasiado. Al cabo de unos minutos, una pareja de ancianos bajó la escalera cogida del brazo. Ella refunfuñaba algo sobre la alarma de casa, que no había funcionado. Entré sin aguardar a que salieran. Golpeé un hombro de él, que refunfuñó algo en dialecto milanés. En la sala de espera había gente y, cuando me aproximé al cristal, el carabinero me ordenó que aguardara mi turno. Entonces, sin pedir permiso, enfilé el pasillo y entré en la primera sala, donde otro agente uniformado transcribía interrogatorios en el ordenador. Solo alzó la cabeza de la pantalla cuando me dejé caer en la silla.

—Deben arrestarme —dije.

El ruido de las teclas cesó. Saqué la navaja ensangrentada y la dejé encima del escritorio. La hoja se introdujo en un montón de folios.

No contesté a ninguna pregunta, lo único que dije fue que había dado el navajazo en la oscuridad. Quizá hubiera hablado con Maddalena, pero no era capaz de preguntar si podía llamarla. Siguieron varias llamadas telefónicas, una detrás de otra, llegaron otras personas que me observaron como si fuera una pieza de museo. Cada uno hacía sus preguntas y a todos respondía con el silencio. Luego, las esposas en las muñecas rígidas.

En los cristales de los furgones hay unas redes negras que te impiden ver fuera. Quería averiguar a toda costa por qué calle me estaban llevando a la cárcel de Opera. Los pensamientos empezaban a empequeñecerse, a fijarse en menudencias. El abogado de oficio se presentó al día siguiente. Era un joven gordo y calvo, de unos treinta años, con unas gafas de miope que le redondeaban aún más la cara. Fuimos a una sala idéntica a la de la comisaría, solo que más pequeña y con aire acondicionado, que me helaba el cuello. Tampoco con él, que me hizo más o menos las mismas preguntas, largué demasiado; como única consideración usé un tono más moderado. Ese jurista de medio pelo creía que era una cuestión de tono. Cuando, por fin, se levantó, le cogí una pierna y lo obligué a sentarse.

—Dile a mi mujer que la navaja no es la que me obligó a tirar hace muchos años.

—¿Algo más? —preguntó, pero yo ya había perdido de nuevo la voz.

Después del encuentro me llevaron a la celda cuarenta y cuatro. No sé quién estuvo conmigo ese día ni tampoco sabría decir cuánta gente pasó por ella en diez años. Sé que, en cierto punto, alguien me tendió un encendedor y me fumé todo el paquete.

Después vino Maddalena. No nos dirigimos la palabra en toda la hora. Ella esperaba que yo le diera una explicación, yo que pasara el tiempo. En cualquier caso, al final dejó al guardia un cartón de cigarrillos para que me lo entregara.

—No sé cuándo regresaré —dijo mientras se levantaba.

Tardé dos años en volver a verla.

Tras una semana negándome a comer, me llevaron a ver al médico de la cárcel, un tipo con el pelo gris y unas manos que no paraban de moverse. Habría inmovilizado en la mesa esas manos pelosas.

—Si sigue rechazando la comida, tendremos que ponerle un gotero todos los días —sentenció desde lo alto de su bata.

Esa noche tragué unas cuantas cucharadas de caldo. A veces comía pedazos de pan seco que guardaba debajo de la almohada.

Nadie me tocaba y yo no dirigía la palabra a nadie. Hasta que me resultó imposible contar los días. Imposible saber si fuera hacía frío o calor, si era lunes o sábado y, con el pasar de los meses, si era de día o de noche, porque estaba siempre tumbado bocabajo y fumando con los ojos cerrados. A veces recordaba la Alfa Romeo. Por fin me había librado de ella. Veía achicarse esa fábrica inmensa. Al final podía tenerla cómodamente en la palma de la mano, como una chuchería.

Sucedió una noche. Titta entró con paso animoso, metió cuatro cosas debajo del colchón y miró alrededor para escudriñar las caras de los nuevos inquilinos con los que conviviría. Después de comer se sentó en mi catre sin pedir permiso. Adoptó la misma posición que yo, rodeando con los brazos las piernas dobladas.

—Fúmate uno de estos —dijo con un paquete de Multifilter abierto.

Una propuesta que luego me repitió cada vez que me veía extraviado en mi ausencia durante demasiados días.

Cuando me puso la mano en el hombro, mi cuerpo era una placa de hielo que se resquebraja poco a poco. En plena noche, con una voz que no reconocía, le conté todo. Poco antes de amanecer me llevó a mirar fuera del agujero y, tras exhalar un largo suspiro, soltó estas palabras: «El dolor es lo que más une».

Veintiocho

Maddalena dice que de verdad no me entiende y que me he vuelto loco. A estas alturas vivo en el banco de la via Monte Bianco. Algunos días no vuelvo siquiera a comer. Como con Mustafà, el mantero, una *focaccia* del horno o uno de esos bocadillos árabes de sabor extraño y que preparan cortando pedazos de cordero del asador. No están mal, solo son un poco indigestos. El otro día nos juntamos hasta cuatro en el banco, porque, a base de encontrar siempre la misma gente, acabas entablando amistad. Mustafà vino con un indio que se llama Anish, y yo llamé a Ciro, el cartero, que acaba de divorciarse de su mujer y está hecho polvo. Lo vi solo, comiendo un pedazo de pan en el sillín de la moto de Correos, así que lo invité. Charla de la buena, sin demasiadas confianzas, pero sincera. Sea como sea, mejor que mirar atontado las palomas posadas en los cables de la luz de la via Jugoslavia.

Creía que desde este banco vería pasar más gente de la que veo desde la ventana de casa. A decir verdad, todos los días son las mismas caras. Familias cuyo nombre desconozco, que hacen la misma vida de lunes a viernes, con los mismos horarios, que abren y cierran la verja a diario de la misma manera, algunos acompañándola y otros cerrándola de golpe. Conductores de autobuses con el mismo número encima de la cabeza y el mismo recorrido. La guardia que un día no y el otro también tiene que vérselas con el semáforo del piazzale Lotto, que, de repente, empieza a parpadear y hace enloquecer el tráfico. El camarero que pasa el trapo mojado por las mesas de cualquier manera, porque, a fin de cuentas, están demasiado pegadas a la calzada y nunca se sienta nadie. Y así todo. La gente engullida en las cuatro calles de siempre y en los habituales trayectos. No sé dónde están los que conocía. Se han desvanecido en la nada. La cárcel excavó un foso tan profundo que a mi lado solo quedó Maddalena. Mejor dicho, ni siquiera Maddalena. Yo y basta.

Sea como sea, he acabado de leer *El extranjero*. Quizá empiece otro, pero sé ya que no encontraré uno mejor que este. Yo también soy extranjero. Un paria y un degradado para toda la vida. Yo también siento que no existen las razones y que las pocas que es posible encontrar solo sé explicarlas en una lengua incomprensible para los demás.

Los *picciriddi* han salido del colegio y cuando juegan en el patio paso horas mirándolos. Me ayudan a imaginar mejor a Lisa bonita y a recordar algo de mí, que a esa edad era muy diferente.

He visto a Elisabetta y a Paolo tres veces. Es cierto que él aún cojea. Cuando se acercó a la puerta estuve en un tris de escapar hacia debajo de los pórticos del edificio de enfrente, donde van a besuquearse las parejitas. Aún tiene el pelo negro y sigue vistiendo con la seriedad que le caracteriza. Es un hombre guapo, pero, por encima de todo, es digno de mi hija, porque la quiso enseguida, a pesar de las diferencias sociales y de que ella tenga un padre criminal e insensato que estuvo a punto de matarlo. La cartera de cuero que llevaba en la mano se parecía a la del maestro Vincenzo, pero seguro que dentro no llevaba poemas. Paolo es un hombre de calculadora, es ingeniero. Elisabetta, en cambio, está bien y puede que Lisa bonita sea la que le ha borrado de los ojos el daño que le hice. Ya se sabe que los hijos son así, te aligeran los pesos y las cargas y hacen que un clavo saque a otro clavo. La otra noche regresaba apretando el paso, jadeando un poco. Quizá por la alegría de ver a su hija o quizá porque llegaba tarde para preparar la cena o quizá porque tenía ganas de hacer pipí. En cualquier caso, aún no me parece una mujer hecha y derecha. Un hijo nunca parece hecho y derecho. Cuando la vi correr, además, no digo que sentí deseos de esconderme detrás del árbol, pero me costó contener el deseo de correr hacia ella. Apreté las tablas del banco como si fueran un salvavidas.

Estoy consiguiendo que Maddalena se desespere conmigo. No le digo nada y la dejo inquieta durante todo el día. Desde que me pasaba el día en el comedor inmóvil como una lámpara a ahora, que me he convertido en un gitano.

La verdad es que cuando suceden cosas que nos superan, nos separamos. El otro día la vi entrar en el portal con Elisabetta y Paolo. Miraba alrededor como un pajarito al que han destruido el nido. Seguro que iba a ordenar un poco o a echar una mano. Quizá a preparar una bandeja de pasta al horno para que Elisabetta no tuviera que cocinar y pudiera jugar con Lisa. Si pudiera entrar a hurtadillas, yo también cocinaría. Bacalao con aceitunas para todos.

A la reunión solo falta mi nietecita de cinco años, que quizá sea una de las niñas que juegan aquí delante y que corren hacia sus abuelos, porque necesitan que les suenen la nariz o para que les den unas monedas con las que comprar un polo de colores. Lisa empezará a ir al colegio en septiembre. Seguro que será una alumna modelo como lo era Elisabetta y como lo era también Paolo. Ahora bien, la historia de que el otro abuelo vaya a recogerla a la guardería me hace apretar los puños de rabia. Ese es mucho más carcamal que yo, puede que no mire bien antes de cruzar la calle y que no sepa protegerla como se debe. No deberían dejársela.

Hoy es otro de esos días en los que no se ve a nadie y en el que el tiempo no pasa siquiera al aire libre. Apenas dejo de sentir el hormigueo en la pierna y la sangre vuelve a circular, me encamino hacia el bar. En el cruce veo al conductor del autobús sesenta y ocho. Él también se ha apeado para desentumecerse. Me acerco a él y sin desearle siquiera buenos días le digo:

—Disculpa la pregunta, pero ¿logras pensar en tus cosas mientras conduces?

Él me mira perplejo y se ve que no es alguien de respuesta ágil, porque a duras penas suelta un «sí» indeciso a la vez que baja los labios.

—Ninetto, encantado —prosigo tendiéndole la mano.

—¿Es el nombre de bautismo o el apodo?

—El nombre —contesto—, el apodo es Palillo.

Él suelta una carcajada y dice que, en efecto, me va como anillo al dedo.

—Yo, en cambio, soy un hombre de barriga y sustancia —asegura dándose una palmada en la panza, al lado de los tirantes.

—Pero ¿los pensamientos que tienes mientras trabajas son pensamientos de verdad?

—¿Qué es un pensamiento de verdad?

Me rasco la nariz y luego respondo:

—Es un pensamiento que se te queda grabado y que necesitas retomar con la mente fresca.

—¡No, de eso nada! —dice con firmeza, protegiéndose con las manos—. Mis pensamientos son pequeñas distracciones, eso es todo.

Saber que para Pino, el conductor de autobuses, las cosas funcionan de la misma manera y que el trabajo también le apaga el cerebro y la conciencia no me hace sentir que las penas compartidas son medias penas, porque no es cierto. Mal de muchos, consuelo de tontos, desde luego. Cuando se vuelve a marchar, me señala una pastelería que a todas horas saca del horno bollos rellenos de crema.

—¡Ve a comer uno, que eres un auténtico palillo! —dice poniendo la marcha.

Lo saludo alzando la mano y, mientras veo cómo se aleja, recuerdo otra lección del maestro Vincenzo. Una mañana nos habló de un griego que se llamaba Sócrates y que iba por ahí conversando con la gente para intentar averiguar dónde estaba la verdad. Por lo visto, al tal Sócrates le gustaba la verdad más que las mujeres guapas. Pienso que, de ser capaz, me gustaría dedicarme a lo mismo que él.

Cruzo cuando la guardia muestra la paleta verde. Me silba porque me quedo abstraído en medio del cruce del piazzale Lotto. Lo hago porque me parece ver a la doctora Gabrielli apeándose de otro autobús, caminando nerviosa, como de costumbre, y tropezando en todas partes, porque está un poco pirada, es precaria y cada mañana baja de las montañas de Sondrio. Bebo el café de pie pensando en la doctora Gabrielli, en la última vez que nos vimos. Después dejo las monedas encima de la barra y vuelvo a casa con mi Maddalena.

Veintinueve

Hasta hace un par de semanas, cuando decidía regresar a casa, encontraba a Maddalena con los brazos en jarras que me decía: «¿Ya has vuelto?» o, con voz polémica, «Ah, ¡buenas noches!», y yo me encogía de hombros sin decir una palabra.

Ahora ni siquiera me suelta esas frasecitas. Puede que piense que miento. Que voy a apostar a los caballos y a malgastar las cuatro perras que nos pasa este gobierno canalla. Por la noche me pone el plato delante de la cara y, cuando ya no quiero más, me lo retira. Mientras mastico, siento ya las ganas de encenderme un cigarrillo. También nos acostamos a diferente hora. Ella siempre a las diez en punto, yo tres o cuatro horas más tarde, porque el insomnio no mejora.

He decidido que quiero comprobar escrupulosamente hasta qué punto me estoy atontando. Así pues, hoy cambio de sitio: no me siento en el banco, sino debajo de la marquesina de la parada. Apenas me acerco, un chico con los auriculares puestos me cede el sitio. Es la primera vez que me ocurre.

—¿Tanto se nota que soy viejo? —pregunto.

El muchacho primero arquea las cejas, porque no oye

nada con los auriculares, y luego se los quita de las orejas y pregunta:

—¿Disculpe?

—¿Tanto se nota que soy viejo? —repito.

—Se ve que es más viejo que yo —contesta, y se vuelve mostrándome los calzoncillos que asoman por debajo de los vaqueros.

La doctora Gabrielli baja del quinto autobús, justo delante de mí. La saludo con la gorra en la mano y ella, tras fruncir primero la nariz, exclama:

—¡Señor Giacalone! Pero ¿qué hace en la parada del autobús?

—¿Es usted, doctora? ¿No trabajaba en la otra punta de la ciudad?

Entonces me explica que este verano la han mandado a hacer una sustitución en esta zona y vuelve a sacar la historia de la vida de interina y dice que está hasta el gorro de hacer suplencias por toda Milán. Me gustaría invitarla a un café, pero sin darme tiempo a preguntárselo, añade:

—¡Vamos, no se quede ahí petrificado, acompáñeme!

Y yo la sigo como un perrito.

Me toca andar apretando el paso y al cabo de un rato debo frenar la respiración, porque me da vergüenza que me vea cansado. Ella habla por los codos, hasta tal punto que pienso que, dadas las ganas que tiene siempre de parlotear, en casa deben de tenerla amordazada. Luego llegamos al consultorio. Ella se para por fin y me mira a los ojos. Se sube el puño de la camisa y, tras echar una ojeada al reloj, suspira satisfecha.

—¡Hemos llegado con adelanto!

—¿De qué se extraña, doctora? ¡Hemos corrido un maratón! ¿Nos tomamos ahora ese café?

Me lleva a la máquina, que está en un pasillo miserable, casi idéntico al de un hospital. El café es digno del lugar, un caldo tan amargo como el pecado. Lo bebemos en silencio. Yo le miro las piernas y la bonita falda de cuadros que le llega justo a la rodilla.

—¿Y qué? ¿No me cuenta nada? ¿Cómo se encuentra? ¿Cómo van sus monólogos?

—Ya no hago monólogos. Ahora me siento en un banco delante de la parada del autobús del piazzale Lotto.

—¿Y qué hace?

—Hablo con algunos transeúntes.

Ella entonces se queda intrigada y me mira con aire de quien no se lo ha tragado.

—¿Hay algún sitio donde se pueda fumar? —pregunto.

—Explíqueme eso del banco —replica sin hacerme caso.

—El caso es que, además de volver a ver a mi hija y pedir perdón a su marido —le digo mirando el vaso—, me gustaría conocer a mi nieta y contarle mi historia, la que me repetía en la cabeza hasta hace poco tiempo. Dejársela a ella para que la conserve en la memoria, porque puede que sea demasiado pequeña para odiarme.

La doctora Gabrielli me sigue escrutando con ese silencio suyo que me anima a continuar, así que añado:

—Los abuelos pueden remediar con los nietos los errores que han cometido con los hijos, ¿verdad, doctora?

Ella vuelve a suspirar y apoya un dedo en la barbilla antes de hablar. Al final dice:

—Ha hecho bien en salir de casa, me parece una idea magnífica. Me alegro por usted, señor Giacalone.

Al oír esas palabras me hincho, pero no como un pavo real, sino como un globo aerostático.

—Pero ahora debe hacer un último esfuerzo, si no, echará a perder todo lo que ha progresado hasta ahora. Además, perdone, pero su mujer estará harta de tener un marido mudo y ahora también vagabundo, ¿no cree?

Asiento con la cabeza.

—Anímese, vaya a pedir perdón, luego les corresponde a ellos decidir qué hacer en el futuro y usted podrá ser libre por fin, dejar de torturarse y de mirar a través de esos cristales lo que no tiene remedio.

Acto seguido, echa en la papelera nuestros vasos de plástico.

Yo la escucho embobado, pero, tras terminar de darme su receta, la doctora Gabrielli esboza de nuevo su sonrisa de premio Oscar y me pide que la acompañe a la consulta. Delante de la puerta hay ya tres tipos esperando y que al verme entrar me miran airados. Una vez en el ambulatorio, la doctora se pone la bata y la deja desabrochada. Luego prosigue:

—Dígame una última cosa, señor Giacalone. ¿Por qué nunca ha querido hablar de la cárcel durante nuestras sesiones? En el fondo, en ellas debíamos conversar sobre sus amigos presos y sobre sus perspectivas de futuro. Usted se comporta como un viejo, pero no lo es, es más, las probabilidades de que le toque vivir aún bastante son muy altas.

Inclino de nuevo la cabeza y guardo silencio. Cuando hablo por fin lo hago con un hilo de voz, como un arroyo ahogado.

—Ahí dentro, doctora, no eres un hombre, sino los restos de ti mismo, que deben sobrevivir. La cárcel apaga la conciencia, te transmite el deseo de que te odien lo más posible.

—Quizá le haría bien hablar de ello.

Niego con la cabeza. Niego aunque querría asentir.

Cuando, tras insistir, me pregunta si, al menos, he reflexionado bien sobre los años que estuve encarcelado, vuelvo a sacudir la cabeza. Ella, entonces, me mira con esa expresión maravillosa y, justo cuando estoy disfrutando de su cara de ángel en forma humana, entra una, fea incluso, a decirle que los pacientes llevan esperándola un rato ahí fuera.

Nos volvemos a despedir con un fugaz apretón de manos y ella, apuntándome con el dedo, me dice en tono amenazador:

—No quiero volver a verlo en ese banco, ¿me ha entendido, señor Giacalone? ¡Si lo veo, lo denunciaré a los guardias por ocupación del espacio público! —Y se ríe echando un poco la cabeza hacia atrás.

Yo le respondo que una doctora tan buena como ella no debería ser interina bajo ningún concepto y que si hace una recogida de firmas, mi nombre será el primero de la lista y obligaré a firmar a los amigos que acabo de hacer.

Salgo del pasillo y vuelvo al banco de la via Monte Bianco. Aguardo hasta la noche sin leer una sola página ni seguir con la mirada a las personas o a las nubes. Durante todo ese tiempo solo pienso en una cosa: si la cara de la doctora Gabrielli es tan hermosa, a saber lo cautivadora que será la de Dios y qué paz podrá entrar por fin en mi corazón.

Aguardo a Elisabetta y a Paolo. Es viernes y sé que el viernes vuelven a eso de las siete y media. Son unas horas interminables y angustiosas. A eso de las seis pasa Mustafà, pero le digo que prefiero estar solo, puede que un día le explique el motivo.

Al verlos llegar siento todo el cuerpo frío. Ante mis ojos llueven de repente imágenes de los días pasados en la celda, adormecido sobre mi vida, sin leer ni salir durante la hora al aire libre, sin asistir a los cursos de la escuela y sin mirar desde el agujero. La cara en la almohada y las piernas paralizadas. Infeliz por sobrevivir.

No logro escapar ni salir al encuentro de mi hija. Me acurruco en una esquina del banco, me vuelvo tan pequeño como en el tren del sol. Tengo la cabeza gacha y, a saber por qué, en la oscuridad de los ojos me aparece la cara de mi Maddalena cuando me visitaba en la cárcel sin que jamás una lágrima le resbalara por las mejillas. Luego, no sé cuánto tiempo después, alzo la mirada y los veo delante de mí y ya no entiendo si es que se me ha averiado el cerebro o si son ellos en carne y hueso.

—Mamá me ha dicho que siempre estás aquí. ¿Nos espías? —me pregunta severísima.

—Lo hago para volver a veros —respondo sintiendo que la voz se me hiela en la garganta.

Siento los mismos estremecimientos que me atravesaban los huesos en la cárcel, cuando no conseguía conciliar el sueño y fuera era invierno y en los pasillos se oían ruidos de puertas y los pasos firmes de los carceleros y creía que estaba enloqueciendo. Los dos permanecen inmóviles. Creo que miran con disgusto mi cabeza calva inclinada hacia los pies. A saber dónde encuentro la fuerza de erguirme, quizá sea, como de costumbre, la mano grande e invisible de Dios. Cuando me pongo en pie, ellos reculan como si les estuviera apuntando una navaja.

—Dejadme ver a Lisa, por favor.

Es lo único que consigo decir. Alrededor del cuello siento una cuerda que me impide respirar. Paolo me escruta en silencio. Elisabetta ni siquiera me mira. Sin decir papá ni Ninetto le coge del brazo y los dos se dirigen hacia su casa. Los sigo con la mirada y cuando la puerta se cierra con fuerza me marcho arrastrando los pies.

Mustafà aún está al otro lado de la calle, apoyado en la pared, con la cara de aflicción que tiene al final del día cuando no ha logrado vender ni un paquete de pañuelos ni un encendedor. Lo saludo alzando la mano y me meto debajo de la marquesina para esperar el autobús, que parece no querer llegar nunca.

Cuando me apeo en la via Jugoslavia el sol está rojo, echado tras el edificio en construcción. En la calle hay dos *picciriddi* dando patadas a un balón y el habitual señor con el perro. No cojo el ascensor, subo a pie y en el rellano siento el esfuerzo en el corazón.

Maddalena está en el comedor cortando las berenjenas. Ni siquiera alza la cabeza cuando cierro la puerta. Me quito la chaqueta y el pañuelo del cuello, y la saludo levantando la barbilla. Ella sigue cortando las berenjenas. Indiferente. Repito el saludo en voz alta. No me responde. Entonces voy a la cocina, bebo un vaso de agua y saco el cuchillo para cortar el asado del cajón. Me desabrocho la camisa y lo apoyo en el pecho. Dejo que el frío de la hoja penetre en mi piel. El corazón se sosiega poco a poco.

—Basta con apretar —repito con los ojos cerrados—, basta con apretar.

Luego oigo la voz de Maddalena haciendo añicos el silencio. Igual que un pelotazo en un cristal.

—Ven a ayudarme.

El cuchillo se me resbala de la mano y cae en la alfombra con un ruido sordo.

—Vamos, ven a ayudarme —repite.

Lo miro como si estuviera ensangrentado. Luego, sin recogerlo, voy a reunirme con ella. Cojo la silla que está debajo de la ventana y la arrastro para ponerme a su lado.

Treinta

No he vuelto al banco de la via Monte Bianco. Mustafà, Anish, Pino y Ciro se añaden a la lista de personas que he dejado de ver.

Para que Maddalena me perdonara le propuse ir a ver a su hermana a Sirmione y un día le llevé incluso una cesta de mimosas, su flor preferida. Las puso en el centro de la mesa y perfumaban el comedor. Durante el viaje en tren le conté que con Elisabetta y Paolo las palabras me morían en la garganta. Veía unas imágenes de pesadilla y sentía que las gotas de sudor me resbalaban por la espalda como un enjambre de insectos.

—No es fácil pedir perdón —dije.

Ella respondió encogiéndose de hombros y cerrando la revista murmuró:

—De ciertos errores no se puede pedir perdón.

Los albañiles han terminado de construir el edificio de enfrente. Alguien que ha comprado un piso allí se para con el coche a mirar la obra terminada. Sueña ya cómo será su vida en su nuevo hogar y olvida por un momento que la vida es igual en todas partes. El mismo coñazo. La vida es un paso adelante y dos hacia atrás, justo como decía el desgraciado de mi padre Rosario.

En estos días me dedico a Maddalena, que me deja cocinar con ella. ¡La cocina americana es mejor que la cocina comedor, desde luego! La he despreciado durante muchos años, pero ahora veo que tiene una ventaja. Tropezamos continuamente mientras trajinamos y eso me pone de buen humor. En la cárcel no tuve ningún contacto físico, solo la mano de Maddalena bajo el cristal.

Los domingos vamos a pasear y de vez en cuando bajamos también al bar de Helin y Mei a tomar un helado. Me ha prometido que la semana que viene los invitaremos a comer y que prepararemos berenjenas a la parmesana. Ya no pienso en buscar trabajo. Ya no tiene remedio.

Para matar el tiempo he hecho algún que otro arreglo en casa. He puesto un hilo de goma bajo la puerta para que no entre el aire, porque Maddalena anda siempre descalza y los pies se le quedaban helados incluso en verano. He arreglado la pantalla de la televisión, que parpadeaba, y hasta he pintado el cuarto de baño. Lo he pintado de color azul celeste, como la consulta de la doctora Gabrielli. Quizá la semana que viene me decida a acuchillar el parqué. A ver si por fin llego cansado a la noche y puedo reposar unas horas seguidas.

Un día, Maddalena me llamó alarmada. Yo estaba en la ventana mirando pasar la gente, con las manos juntas, como las monjas.

—¡Ninè, corre, muévete, ven a oír esto! —gritó.

Por la campana de la cocina se oía el canto sordo de un pájaro aprisionado en los tubos. Tanto me hizo sufrir que tuve que desmontarla y sacarlo con la mano. Era una estúpida paloma, tan negra como un deshollinador. Si la apretaba con las manos, la respiración le hinchaba el cuello. Cuando se le calmó el corazón, abrí la ventana, pero no quería alzar el vuelo. Tuve que lanzarla con las manos.

—Quizá estaba mejor allí encerrada —dije a Maddalena mientras la miraba volando como un pavo.

De cuando en cuando leo alguna novela de la nueva colección que sale los jueves con el periódico. *Lo mejor de nuestra literatura*. Pero yo ya he encontrado a mi escritor preferido, es el tal señor Camus, autor de *El extranjero*. Leí que murió en un accidente de tráfico, pobre, de no ser así, me habría imaginado que me iba con él a comer algo en el banco y que luego fumábamos como carreteros, dado que en la fotografía aparece con el cigarrillo colgando en la boca. Le habría preguntado cómo había conseguido juntar tantas palabras inteligentes que pellizcan las cuerdas del alma con la mano de un guitarrista experimentado. Cómo pudo contar mi historia contando una suya.

Ahora, por fin, leo también por la noche. Maddalena ha dejado de regañarme porque tenga encendida la luz hasta tan tarde. De hecho, en la ferretería me compré una linterna frontal que se fija a la cabeza con una goma. Le he puesto una bombilla de bajo voltaje y así puedo leer mis libros sin despertarla. Cuando aparecí entre las sábanas con esa cosa en la cabeza nos reímos mucho.

En cualquier caso, la auténtica novedad es la bicicleta. A estas alturas la uso ya todos los días, porque el médico me ha aconsejado vivamente que me mueva más. Pero, por encima de todo, la he sacado para estar listo por si un día doy

por fin esa bendita vuelta con Lisa bonita sentada en el sillín que he comprado y montado. No nos vamos a arruinar
por veinte euros. Sé que no me traerán a la niña, pero he
comprendido que incluso cuando tenemos la hoja de la navaja clavada en el corazón no podemos dejar de confiar en
que mejore esta puta vida, en que nos perdonen los errores que hemos cometido.

De esta manera, aunque ya no me lo creo, me queda
la esperanza. Y, pese a que me he hartado de vivir, vivo.
Y pedaleo en la bicicleta. Con calma. Paseo sin rumbo fijo
por esta Milán que ya casi no reconozco y que tiene poco
que ver con los lugares que frecuentaba. Con las caras que
se me quedaron grabadas en la mente. Cuando deambulo
debo tener la expresión de un buscador de pepitas de oro,
porque me meto en ciertos callejones y rincones que no
son fáciles de encontrar y que quizá solo significan algo
para mí. Calles inútiles y anónimas, como ya lo eran en mi
época. Y como, quizá, lo han sido siempre. Hay quien nace
en una calle principal y quien lo hace en un callejón sin
salida. La ley del que es un pobre miserable y del que no
lo es vale para todo el universo, no solo para los hombres.

He buscado el rincón donde estuve con la furcia y luego
la vieja taberna de Lambrate donde íbamos con los de la
Alfa y yo era el único tonto que bebía gaseosa. Y a otros si-
tios. La primera casa de Elisabetta, el hospital donde dio a
luz Maddalena, la estación central (que ahora está llena de
tiendas), el estanco de Gigio, la tienda de comestibles de la
señora Mariella. Pero casi todo ha cambiado y lo que so-
brevive me resulta extraño.

En una ocasión pasé también por delante de la cárcel. Me quedé mirándola boquiabierto. Me pregunté si era más fea ella o más estúpido yo, que había acabado dentro. Busqué el agujero de mi celda, pero se me ofuscaba la vista. No sabía qué decirme, de qué acordarme, así que recé por los que aún estaban dentro, pero lo hice con mis palabras, no con una de esas oraciones de los curas o de las que obligan a aprender a los *picciriddi* en el catecismo. En mi opinión, cada uno debe usar sus palabras en las oraciones, porque, si no, son simples cantilenas. Me habría gustado que, mientras contemplaba la cárcel acodado en el manillar, me acompañara la doctora Gabrielli. Si además hubiera estado el maestro Vincenzo, creo que habría tenido el valor de contar por fin mis años de prisión.

Maddalena me ha dicho que Elisabetta y Paolo no se van a ir de vacaciones. La empresa de Paolo tiene problemas. Han reducido personal y a los que no han despedido les han pedido que renuncien a las vacaciones. Es una época durísima. Falta la certeza de poder espantar la miseria como a un moscardón si te arremangas. Las caras que se ven por ahí son de derrota y resignación. El viejo Sergio tenía razón: rebelarse es un oficio vocacional, es para unos pocos. El resto de la gente solo sabe pasarse la patata caliente, fingir que se indigna y quejarse, pero si después le dejas el dinero para comprar el coche más bonito e ir a la pizzería el sábado por la noche, siempre está dispuesta a votar al que se vende mejor, a no mirar más allá de su nariz, a no abrir la puerta de casa al que llama. Perros feroces y verjas altas, como en la historia de la propiedad privada.

El otro día encontré en una vieja caja los apuntes de las clases de política que daban los cabecillas de la sección del sindicato. Las hojas están tan amarillas como el papiro. Había olvidado por completo lo que había escrito con bolígrafo azul. En la cabeza no se me había quedado grabada una palabra, ni un solo nombre. Prueba que todo era pura cháchara, dado que los poemas de Pascoli que aprendí con el maestro Vincenzo siguen grabados a fuego en el coco y nunca se borrarán. Estaban también las postales que me enviaba mi padre, más breves que un telegrama. En una aparecía la imagen del Etna con pequeños grupos de casas aferradas en las laderas. «Ninuzzo, trabaja con sensatez y trata de comer, adiós, papá. P. D.: El gato se ha escapado por los tejados. Mejor así, una preocupación menos», había escrito detrás.

Dentro de la caja encontré además el diario que Vincenzo Di Cosimo me regaló en 1959. Lo hojeé de un lado a otro y no sé decir lo que experimenté. No con las palabras que conozco. Maddalena había salido, así que me senté a la mesa con las gafas de diecinueve euros que había comprado en la farmacia, cogí el viejo diario e intenté escribir. Pensé también en el señor Camus, pero no fue suficiente. La inspiración no se pide prestada, o la tienes dentro, o te apañas y cambias de oficio. Tras varias horas chupando el lápiz, la página seguía blanquísima. Entretanto, el sol se había movido, ya no entraba por la ventana. De repente, la mano se movió, un poco trémula, pero rápida. «Disculpe que no haya sido capaz, maestro». Pasmado, miré boquiabierto las palabras, como si fueran manchas de sangre. Pasaron varias horas más y en cierto momento llovía con el sol. El cielo se tiñó de morado. Me asomé para contemplar la via Jugoslavia con los codos apoyados en el alféizar y, a fuerza de mirar el nuevo edificio de enfrente, me vino a la mente Peppino, mi mejor amigo de la via dei Ginepri, que vive en Alemania y que a saber qué cara tendrá ahora. Él era tan pobre que cuando se hacía con un pedazo de pan lo alargaba siempre con agua para hacer una sopa. Si aparecía su hermano mayor para pedirle un poco, recuerdo que lo echaba a patadas, pero si, en cambio, era su hermana pequeña, nunca se lo negaba y le dejaba mojar los dedos en el cuenco. Sé que es una simple anécdota, pero no lo conté en mi historia y si un día aprendo a llevar un diario, empezaré por eso. Por ese episodio que es la pura verdad, que sucedió hace apenas unos cuantos años.

Treinta y uno

En cambio, pasaron. Ayer. Un día sofocante en que las calles de Milán estaban desiertas. A pesar de que esos muñecos de la televisión dicen que hay crisis y que la gente no se va de vacaciones, en la calle no había un alma. Solo extracomunitarios y nuevos inmigrantes. Sobran las palabras. En ese momento estaba leyendo el diario que compro los jueves por el libro. Llamaron directamente al timbre de nuestro piso, porque al portero le importa un carajo y deja siempre el portal abierto. No sé para qué le pagamos.

Lisa entró pegada a la falda de su madre y no se dignó siquiera a mirarme. En cambio, cuando la abuela Maddalena la cogió en brazos y le hizo cosquillas en los costados, le rodeó enseguida el cuello con los brazos y se olvidó de sus padres, que se quedaron de pie, inmóviles delante de mí. Les pregunté si querían un café o si podía ofrecerles otra cosa y entretanto sacaba las sillas de debajo de la mesa para que se sentaran y ponía en el centro el frutero con los kiwis y los bombones.

—Vamos a darnos un baño en el lago —dijo Elisabetta apartando la silla.

—No es tan bonito como el mar, pero no deja de ser agua —respondí para pegar la hebra—. En cualquier caso, siempre es mejor que quedarse en casa —añadí—. A pesar de que hoy en día ya no es como en mi época, entonces la ciudad sí que se volvía fantasmagórica. Ahora hay iniciativas y festivales todos los días. Incluso aquí, en el barrio, han dicho que van a poner una piscina hinchable...

Ellos ni siquiera me escuchaban y me miraban como un objeto decorativo que ya es hora de tirar. Farfullé algo más sobre el hecho de que nosotros también habíamos estado últimamente en el lago y que nos había gustado.

—Al final, hasta la trucha y el lucio empiezan a buscarme —comenté al final soltando una mentira, porque, no solo no me gustan, sino que además me dan impresión.

Abrieron de nuevo la boca para decir que regresarían por la noche.

—¿Te ocupas tú de Lisa, mamá? —preguntó Elisabetta como si yo fuera el paragüero, en lugar de su padre.

Maddalena, que estaba ya jugando con su nieta, respondió con un ademán de la cabeza y ellos salieron diciendo adiós. Y a Dios gracias que dijeron adiós.

Me puse a escuchar los grititos de alegría que llegaban del dormitorio, pero no me atrevía a ir allí, porque, de haberlo hecho, las habría interrumpido, dado que para Lisa yo era una cara desconocida y fea, además de calvo. Como no sabía qué hacer, me afeité por segunda vez y me vestí bien, con la camisa azul celeste. Intenté echarme hacia atrás los cuatro pelos que me quedaban, que eran ingobernables, con mi peine de carey, y de fijarlos con un chorro de laca. También me eché unas gotas de loción para después del afeitado debajo de la barbilla y detrás de las orejas. Después volví al sofá a esperar a que volvieran.

Maddalena me ayudó a entablar amistad con Lisa y, tras unos minutos repitiendo a la niña que era su abuelo Ninetto, ya estábamos los tres sentados a la mesa dibujando con las ceras. Yo dibujé una vaca, porque así no tenía que pedir demasiados colores; a decir verdad, solo el negro, porque, por lo demás, las vacas son tan blancas como los folios. Luego Maddalena fue a la cocina a preparar el farro y, cuando nos quedamos solos, Lisa me preguntó si me apetecía dibujar en el suelo. Echado bocabajo en la alfombra, mientras coloreaba las manchas de la vaca y repetíamos los sonidos de los animales, observaba a Lisa bonita tratando de comprender si la cara de esa pequeña peonza se parecía en algo a la mía, al menos remotamente. Es una *picciridda* con el pelo ondulado, los ojos enérgicos y la tez de color perla. Además, tiene los dedos de las manos largos, señal de que será tan esbelta como su padre. La sonrisa sin el diente central parece atraer aún más los besos. Seguimos dibujando durante más de una hora y así me sentía en paz y hasta tal punto sin defectos que me parecía imposible creer que había estado en la cárcel. Dibujé seis vacas y mugía que daba gusto. Después del dibujo llené una palangana de agua y le pregunté si sabía jugar a los remeros. Ella contestó que no y entonces yo cogí dos nueces, las abrí y con las cáscaras construí dos barquitos que hicimos correr soplando. Para la segunda competición usamos, en cambio, tapones de corcho y mientras soplaba suavemente para dejarla ganar, recordé las carreras de remeros con Peppino y toda la pandilla de mocosos de San Cono. Pasábamos horas con el culo en los talones soplando sin parar.

Aguardé el momento apropiado, que llegó cuando se cansó de soplar y dijo que tenía calor. Entonces, sin pedir permiso a Maddalena, le pregunté en voz baja:

—¿Te apetece dar una vuelta en la bicicleta del abuelo, Lisa?

Ella respondió que sí, pero que antes quería beber un zumo de fruta. Maddalena estaba en el cuarto de baño, así que fui a la cocina, saqué del cajón un pequeño cuchillo de cerámica, lo envolví en un trapo, me lo metí en un bolsillo y salí con mi nieta, escabulléndonos en silencio y cerrando con sigilo la puerta. Entramos en el bar de Helin y Mei, y la cogí en brazos para sentarla en la barra y presentársela, a pesar de que ella no parecía muy interesada en conocerlos. Fuera como fuese, el caso es que se bebió el zumo de fruta de buena gana y me dijo que estaba bueno antes de confirmármelo con un santísimo eructo.

Después saqué la bicicleta del sótano y partimos rápidamente. Di vueltas por la calle, arriba y abajo, arriba y abajo, y luego me dirigí hacia el parque, pero Lisa no quería pararse ahí, quería seguir paseando y disfrutando del sol en la cara. Solo de vez en cuando me tocaba en el costado con la mano para pedirme que tocara el timbre y se reía cada vez que este hacía ring, ring. Así que seguí pedaleando. Le pregunté cómo le iba en la guardería y si le gustaba. Ella, para demostrar que era buena, entonó una cancioncita y entonces yo dejé de prestar atención a la calle de lo alegre que estaba. Pedaleaba sin rumbo fijo y mientras ella repetía ciertas cantilenas espectaculares, yo respiraba hondo y pensaba: «En eso se me parece, en la poesía». Mucho mejor que en la nariz o en la boca o en otros detalles sin importancia.

De tanto pedalear acabé en una maraña de callejones sofocados por el siroco hasta que apareció la colmena. El viento levantaba aquí y allí un polvo seco que me rascaba la garganta.

—¿Dónde estamos, abuelo? ¿Cómo se llama este sitio? —preguntó Lisa dejando de canturrear.

—Se llama la colmena.

—¿Y hay abejas?

—No, no hay abejas.

—Entonces, ¿quién vive aquí?

—Te he traído para que veas dónde vivía yo cuando llegué a Milán desde Sicilia. Tenía nueve años.

Cuando bajamos de la bicicleta me dio la mano y, pegada a mí, mirando atentamente a un lado y otro, cruzamos la calle. Le señalé la fachada desconchada y ruinosa de la colmena, luego la llevé al patio, donde había un grupo de negros con unas caras que podían ser tanto de delincuentes como de pobres desgraciados. Le conté a Lisa que en el pasado allí no vivía esa gente, sino los emigrantes, y que nos desdeñaban y nos llamaban *terroni*, robapanes, *napulì*, muertos de hambre y otras palabras ofensivas. Ella miraba las caras descuidadas y penetrantes con los ojos muy abiertos. En la acera había alguna que otra prostituta africana, algunas con expresión desolada, otras carnívora. Seguro que esa gente sucia la asustaba, pero a mí me gustaba, porque debido al miedo me apretaba más la mano y me llamaba abuelo cada dos por tres y su manita me metía en el cuerpo un calor que no había vuelto a sentir en decenas de años, un calor que me hacía sentir tan fuerte como cuando estrechaba la mano de mi hija. Entramos en el portal y le expliqué que la estaba llevando a mi antigua casa, que estaba en el sexto piso, desde donde se veía una chimenea por la que siempre salía humo. Subimos por una escalera apestosa, con agua estancada en los rincones y las paredes que rezumaban humedad. De no sé dónde llegaban los gritos de una pelea en una lengua incomprensible. Había trapos y cubos volcados. Cucarachas y cristales rotos. Vestidos colgados de las barandillas que olían a tierra y a alquitrán. Por la puerta de una casa salió un árabe gordo y barbudo, con el semblante iracundo y el cuello lleno de cadenas. Asustada, Lisa me apretó el brazo con las dos manos. Yo le acariciaba el pelo para que no se echara a llorar. Le ordené que mirara dentro de la casa, que viera lo pequeña que era. Para abrirse paso, el grandullón me empujó y estuve a punto de perder el equilibrio y de caer rodando por la escalera. Lisa miraba alrededor haciendo ruidos de repulsión y apenas podía contener ya las lágrimas. Al bajar le conté cuántas noches dormimos pies con cabeza, entre sábanas sucias y en unos colchones putrefactos, y también le hablé de las malditas anchoas, que me dejaban la boca siempre pastosa.

—Aquí no ha cambiado nada, todo es aún más feo, porque ciertos lugares envejecen solos. Por ellos siempre pasan los últimos de los últimos y estos lugares los acogen, repugnantes pero abiertos, feos pero generosos. Tan buenos como las misioneras. Quizá sean ellos la verdadera casa de Dios y no el Vaticano o el resto de las iglesias llenas de oro, de estucos venecianos y de tapices —le dije convencido de que me entendía.

Cuando salimos, recuperó el color de la cara. Creía que había terminado, pero la arrastré también hasta la verja de la chimenea humeante y para hacerla reír le hablé tapándome la nariz con los dedos, porque, desde que me había marchado, ese tubo enorme no había dejado de ahumar el cielo y de apestar el aire. Ella repetía «puaj, puaj», como cuando el paisano Giuvà me había hecho beber vino de la cantimplora. Luego le hablé de la época en que había trabajado llevando manteles, de las casas donde había vivido y de cuánto lamentaba haber dejado de ir al colegio.

—Imagínate que cuando vivía aquí solo tenía nueve años —dije—, ¡era un *picciriddu*!

Ella, entonces, me miró titubeante.

—¡Pero no, abuelo! —exclamó contando con los dedos y echándose a reír—. ¡A los nueve años ya eres mayor! ¡Yo tengo cinco y nueve es mucho más! —razonó abriendo las dos manos para volver a contar.

En la acera próxima al semáforo me preguntó si las demás casas donde había vivido estaban cerca y si todas eran tan feas, pero yo le contesté que lo único que quedaba era la colmena y que del resto de las chabolas, tabernas e incluso fábricas que poblaban esa zona no quedaba ni rastro, salvo la chimenea.

—Todo ha desaparecido, a saber dónde.

Mientras abría la cadena de la bicicleta, Lisa miraba un grupo de gentuza que fumaba en corro y se hacía gestos extraños. Otros que pasaban por nuestro lado parecían preguntarme con los ojos por qué había llevado a esa muñequita a pasear por esa porquería de barrio. Bajo un sol feroz y con la ciudad desierta. Yo trataba de explicar que una historia bien contada necesita su escenario y que, al final, esta es la gente que vive en el mundo y que de nada sirve apartarse de ella o hacerle ascos, porque en la vida no te puedes apartar siempre o hacer ascos, es mejor golpear directamente en el morro a lo que somos.

Volvimos a casa con una caja de helado de cuatro sabores. Elegimos dos cada uno: ella de fresa y pitufo, y yo de chocolate amargo y vainilla. Nada más entrar, Maddalena, con fuego en los ojos, me arrancó a Lisa de la mano, como si se la hubiera robado. Le preguntó jadeando si estaba bien y qué le había hecho y la cambió enseguida, porque estaba sudada y la ropa estaba impregnada del hedor de la colmena, de la chimenea y de los pobres desgraciados, sucios e inmundos como son siempre los pobres desgraciados. Le dio de comer ensalada de farro y, además de no dirigirme la mirada durante toda la comida, me prohibió sentarme a la mesa con ellas. Después de acostarla para que descansara, me dijo con la voz quebrada que era un delincuente por haber salido sin avisarla, que solo a un majadero se le podía ocurrir llevarla a ese abominable lugar. Después rompió a llorar, sacudida por los sollozos. Yo guardé silencio, no sabía explicarle por qué había acabado justo en la colmena, en medio de esa chusma y esa miseria. Maddalena

siguió amenazándome, no dejaba de repetir que si Elisabetta y Paolo se enteraban, no volveríamos a ver a la niña
y que entonces ella me dejaría y se iría a vivir con ellos y
no asistiría siquiera a mi funeral. Decía esas cosas sin parar
de llorar y de darme puñetazos en el pecho repitiendo que
me odiaba y mientras repetía que me odiaba, yo apretaba
con la mano el cuchillo envuelto en el paño y trataba de
decirle con los ojos que yo no tengo la culpa de que no se
aprenda nada de la vida.

Cuando Elisabetta y Paolo regresaron por la noche, Lisa
les salió al encuentro corriendo y saltó en brazos de su
padre. Le soltó unos besos que sonaban como castañuelas.
Cuando Paolo le preguntó cómo había ido el día, ella, con
su voz argentina, exclamó:

—¡Bien! ¡El abuelo Ninetto me ha llevado a pasear en
bicicleta y me ha contado una larga historia!

—Ah, ¿sí? ¿Y qué historia te ha contado?

—La historia de cuando era niño.

Acto seguido, para explicarse mejor, bajó de los brazos
de su padre y prosiguió abriendo desmesuradamente los
ojos:

—Me ha llevado a ver el sitio donde vivía cuando tenía
nueve años. ¡Era un sitio feo y sucio, por las puertas salían unos hombres muy malos, pero el abuelo me apretaba
tanto la mano que no tenía miedo y no he llorado! —Y dio
un buen salto de hip, hip, hurra.

Al oír sus palabras sentí que el corazón se me movía en
el pecho, que de él salía algo que lo obstruía desde hacía
años a lo que no sé dar un nombre. Y lamento que en ese

momento la muerte no viniera a por mí, pero después de
que se la llevaran, quizá para siempre, he seguido con vida,
despierto durante toda la noche, buscando por la ventana
de la via Jugoslavia una estrella fugaz, que no he encontrado.

Nota

Varios estudios revelan que en Italia el fenómeno de la emigración infantil (menores de doce o trece años) seguía siendo relevante entre 1959 y 1962, el periodo de tiempo en que se registra el último pico realmente significativo. Se trata de niños de familias pobres o muy pobres, sobre todo del sur, que a menudo no tenían siquiera la posibilidad de emigrar juntas. De esa forma, los hombres (con menos frecuencia las mujeres) partían con algunos familiares o eran confiados a amigos o conocidos. Las metas eran casi siempre las ciudades del triángulo industrial: Turín, Milán y Génova. Una vez en ellas, los niños tenían que arreglárselas enseguida para ganarse la vida y lo hacían con trabajos improvisados que encontraban como podían y que, obviamente se pagaban poco y en negro. En ciertas ocasiones, las relaciones con el adulto con el que parten son sólidas, en muchas otras, sobre todo si no se trata de familiares cercanos, se rompen y entonces es aún más necesario arreglárselas solo y apresurarse a convertirse en adultos. El riesgo del que no da este salto es perderse en la pequeña o media criminalidad o ser marginado.

El cambio se produce a los quince años, cuando muchos de ellos logran entrar en las fábricas como obreros. Con esa circunstancia se inicia una vida sin duda más segura, que permite acceder a una realidad estructurada y bien organizada, en la que se gana un sueldo digno y se recibe un tratamiento distinto al de los anteriores trabajos. De esta manera, una vez contratados, al cabo de unos años, en ocasiones de unos meses, se casan, se compran una casa y forman una familia.

Estos hombres tienen en la actualidad entre sesenta y setenta años, y algunos siguen trabajando. Lo que más me impresionó cuando los entrevisté fueron las historias de su infancia: hablaban de ella como de una época tan difícil como aventurada, llena de imprevistos y de situaciones rocambolescas. En cambio, perdían el entusiasmo cuando empezaban a hablar de los treinta o cuarenta años de trabajo en la fábrica, a menudo en una cadena de montaje. Sobre esta segunda etapa hay mucho menos que decir: la vida se vuelve monótona, el trabajo suele ser alienante, para algunos el clima que se respira allí presenta ciertos estímulos, pero para muchos otros la fábrica decepciona respecto a las expectativas que tenían, que a veces eran muy ingenuas. En pocas palabras, sobre el entusiasmo precedente se hace un silencio embarazoso, con frecuencia triste.

He entrevistado a unas quince personas que responden a esta biografía, en su mayoría residentes en Milán y su provincia, alguna en Turín y un par en Génova. Sin sus testimonios y su generosidad, este libro no habría podido ver la luz. Durante las entrevistas evité tomar apuntes para que sus palabras pudieran resonar y confundirse libremente en mi cabeza en el momento de la escritura. Sus relatos me han ayudado a conocer mejor la Milán de aquella época y a compararla con la actual; a recuperar la fascinación de una lengua viva, que se compone del dialecto de origen, del italiano y de algún añadido del habla local; a penetrar mejor en una memoria que es, al mismo tiempo, individual y colectiva: una memoria mitificada, en otras ocasiones dolorosa. Por último, me ha permitido dar voz a unas vidas tan diferentes de la mía, pese a ser tan próximas en el tiempo y estar tan presentes ante nuestros ojos. A ellas les dedico este libro.

M. B.

Índice

Esta primera edición de *El útimo en llegar*, de Marco Balzano,
se terminó de imprimir en Grafica Veneta S.p.A. de Trebaseleghe (PD)
de Italia en abril de 2024. Para la composición del texto
se ha utilizado la tipografía Celeste diseñada por Chris Burke
en 1994 para la fundición FontFont.

Duomo ediciones es una empresa comprometida
con el medio ambiente. El papel utilizado para
la impresión de este libro procede de bosques
gestionados sosteniblemente.

PEFC

PEFC/18-31-226

Este libro está impreso con el sol. La energía
que ha hecho posible su impresión procede
exclusivamente de paneles solares. Grafica
Veneta es la primera imprenta en el
mundo que no utiliza carbón.